I0661706

L'épouse écarlate

Ulysse Steevens Esaïe and Thomgiver

Published by Ulysse Steevens Esaïe, 2023.

L'ÉPOUSE ÉCARLATE

First edition. December 31, 2023.

Copyright © 2023 Ulysse Steevens Esaïe and Thomgiver.

ISBN: 978-1213452855

Written by Ulysse Steevens Esaïe and Thomgiver.

À Carline Pierre, qui m'a soutenue depuis toutes ses années en dépit de tout les malgrés de la vie.

Prologue

« De la haine, le vrai amour naît et se prouve. »

Au collège de St-Laurent, tous les élèves avaient le droit de sortir pour aller trouver quelque chose à manger après une demi-heure de cours, c'est à travers ces moment-là que les jeunes amoureux se planifiaient pour parler et causé sur des sujets de très spécifiques.

Il n'avait pas encore trop d'années ensembles, seulement quelques mois et quelques semaines. Danylan, le jeune garçon, avait un amour débordé pour sa copine, et pour préserver cet amour, il avait demandé à Salimaha, sa copine, de pouvoir lui emmener chez ses parents, afin de permettre à son amour d'être privilégié, bien qu'ils devraient passer quelques mois en plus au collège.

Étant donné que Salimaha avait déjà terminé, elle venait chaque les demi-heures juste pour parler à son copain, d'ailleurs, il lui fallait seulement quelques minutes pour arriver, la jeune fille était en train de faire du stage dans un hôpital qui n'était qu'à quelques mètres du collège ; selon lui, tous les deux appartenaient à un seul directeur, celui-ci qui était un homme sévère et très radical.

Quelques mois avant, l'amour n'existait pas entre les deux jeunes adolescents, qui, d'un seul instant, ils ne pouvaient pas se dispenser l'un à l'autre.

Au cours du premier semestre du dernière classe de Danylan, il avait pris quelque temps pour réfléchir, pensé à sa famille qui n'avait pas de trop grand moyens pour faire face à la vie, et il se disait " Il faut que je rentre dans la police, afin de pouvoir lever ma famille. " Telle fût son plus grand projet après avoir terminé ses études classiques.

Sa copine, elle, ne souhaitait pas encore présenter son copain à ses parents, puis qu'elle connaît l'attitude de son père, mais pour sa mère, elle accepterait qu'il vienne à la maison pour la voir, seulement quand

1

son père n'était pas là et parfois, quand elle allait au marché ; comme ça, il pouvait venir et marcher ensemble en racontant toutes les aventures..

Un jour, Salimaha se rendit à l'école comme par habitude, elle avait pris une coiffure très commune et ses cheveux longs roux, étaient bien graissés d'une pommade "Blue Magique " qu'elle utilisait très souvent. Elle avait déjà fait un très bon bout de temps avec ses amis et elle pensait qu'elle allait mieux être accueillie mais pourtant, elle avait une de ses camarades qui avait beaucoup plus de possibilité que sa famille, et celle-là, avait pris des dispositions avec les autres élèves afin de pouvoir brisé leur lien avec elle. Quand elle était arrivée à l'école, elle avait comme toujours un sourire aux lèvres qui ne pouvait pas être éteint ; et ce jour-là, elle était très paniquée, ses amis l'avaient abandonné et elles se sont moqué d'elle à cause de la couleur de ses cheveux. Elle était devenue malade et se sentit humiliée par ses propres amis, et le jour suivant, Danylan était sur la cours du collège, suivant une scène où Salimaha essayait seule de résister aux moqueries de ses camarades, c'est ainsi qu'il était passé à côté d'elle, essayait de lui essuyer ses pleurs qui lui avait touché du fond du cœur; c'est à ce moment-là qu'elle se rendit compte qu'il ne faut pas juger les autres par simple regard et elle avait eu le regret d'avoir repousser Danylan le premier jour où il lui parlait simplement par simple désir de pour faire connaissance avec elle. Depuis, elle n'avait que Danylan comme ami au collège, même si ils n'étaient pas dans la même salle, ils étaient tellement amis que parfois, l'un essayait de donner des conseils à l'autre jusqu'à ce qu'un jour... Tout avait changé

Réconciliation

Au début, il avait l'air d'un jeune homme que tout le monde pouvait des choses drôle ou même bizarre de lui, les yeux des gens se moquaient souvent de lui à cause du maigre moyen de sa famille ; mais il en avait confiance en lui, il avait toujours voulu se montrer fort et brave en toutes circonstances, même si ses parents ne pouvaient guère lui donner le visage qu'il voulait avoir dans la société, mais il croyait que la vie lui avait réservé sa place, sa présomption de devenir l'homme qu'il faut. D'ailleurs, personne ne pouvait savoir ce qu'il avait vraiment en son cœur ; jusqu'à ce qu'un jour, il fût saisi par la vêtu d'une femme mince aux cheveux noirs, où il fut connu sa meilleure histoire d'amour.

Le temps passe sûrement, mais ce n'est que le destin qui cours à ses vertus. Court le temps, il réfléchissait de sa nature, sans savoir que quelqu'un était sur sa route et marchait à sa rencontre.

Danylan, avait toujours un rêve qu'il n'a jamais présenté à personne d'autre que lui ; mais.. Qui va finalement conquérir sa meilleure façon de dire ou de faire les choses ? N'est-ce pas celle à qui il a voulu faire sa toute dernière expérience ? Il en avait déjà eu, mais sa mère n'avais jamais été au courant ; il s'agissait d'un amour fane et secret, qui s'est terminé par des mensonges et des coups ridicules.

Aimer n'est qu'un verbe à conjuguer, disait-il chaque fois qu'on avait questionné sa bonne conscience, mais, qui pourra fuir sa destiné ?

Il avait toujours un sens de responsabilité malgré son jeune âge, 23 ans, c'est déjà bien plus signifiant pour lui ; mais à cet instant, il ne voulait que trouvé la femme de sa vie, ce qui n'était plus difficile que facile après de mauvaises histoires qu'il avait déjà connu dans sa vie.

Il connu une seule et unique histoire depuis le jour où ses yeux commençaient à regarder les filles et les nourrit certaines fois.

- Mais... qu'est-ce que tu fais ici Dan ? Je ne suis plus une amie pour toi, tu me dégoûte ok ! avait questionné sa copine qui ne voulait plus lui parler après une simple petite discussion et qui n'espère plus voir son visage.

- Que t'ai-je fait pour que tu me traite ainsi Salimaha ? Ne t'avais-je pas donné tout ce que tu voulais ? Et même si maintenant on s'en sort plus mais un peu de respect quand même ! Ce n'est pas parce que tu ne m'aimes pour que tu me traite comme les autres !

- qu'est-ce-que tu viens faire ici ? Dis-moi. Répondit-elle en s'appuyant sur la porte d'entrée de la maison de son père. Tu sais bien que je n'accepterai pas que tu viennes me parler ici chez moi, je te déteste Dan ! Tu entends ? Je te déteste. Prolongea t-elle, la jeune fille était remplis de colère et ne pouvait se contrôlée.

- tu ne veux plus que je rentre maintenant ! Et même que je viens chez toi ! Alors que je suis venu pour récupérer mes dernières affaires ! Avait-il répondu sous son visage pâle et de ses yeux grandement ouvert. Il avait même oublier qu'il portait son chandail rouge et noir comme celui qu'il préfère toujours garder dessus.

La jeune fille rougit, fait la mine d'une personne lui en voulait tellement qu'elle préférait de lui déclaré la guerre.

- j'ai compris que j'ai mal agi, mais sache qu'on s'est beaucoup souffert toi et moi pour pouvoir construire cette relation qu'aujourd'hui tu as voulue brisé à cause d'une simple réflexion. Salimaha avait les yeux de pardon et couvert d'une flamme qu'elle se consent à l'intérieur de son cœur, mais résiste afin de ne pas se montrer faible devant celui à qui elle avait toujours voulue partager son amour. Alors si tu ne veux pas que je récupère mes affaires je m'en fiche ! Mais sache que c'est toi que j'avais vraiment eu l'intention de récupérer, car cela fait déjà une journée que je meurt de sentir l'odeur de la femme que j'ai tellement aimé que même les émotions ne sont pas assez suffisant pour apaiser mes sentiments pour elle, c'est la simple et bonne raison que je suis devenu jaloux comme celui qui avait connu son premier amour jusqu'à aujourd'hui. Alors, je part et ne plus jamais venir dans ce pays si tu le veux ; car j'ai peur de ne plus pouvoir embrasser celle que j'ai toujours aimé quand un jour je le verré sur mon chemin.

Au fils des moments, elle était touchée par ses propres mots, elle savait que ce n'était pas vraiment ce qu'elle voulait et qu'elle avait l'impression de devenir malheureuse sans lui.

Elle le fixa avec tendresse, oublié ses premiers moment de guerre qu'ils avaient connu tout les deux, et un goutte de larme se détacha de ses yeux et glissa sous son corsage blanche et épaisse.

- qu'est-ce-que tu attendais enfin ! Tu sais qu'on ne peut s'éloigner toi et moi, pourquoi c'est maintenant ? Pourquoi ? Cria t-elle sous la rivière de larmes qui coula après ces mots.

- Salimaha, je ne peux pas faire semblent d'être heureux sans toi, d'ailleurs, connais-tu mon plus grand rêve ? Le plus grand projet que j'ai pour toi dans mon cœur ? Sache qu'on n'est pas jaloux pour ceux qu'on a jamais su aimé, on frappe celui qu'on aime et les autre sont niés ; je t'aime toujours, comme si on venait juste de tomber amoureux.

- je suis vraiment désolée Dany, je ne sais vraiment pas ce qui m'a pris... Je... Je m'excuse du fond du cœur...

- je comprends ne t'inquiètes pas, je sais que je t'ai rendu furieuse... Mais, viens et calme toi. Elle était appuyée contre la poitrine de son copain, et il songea qu'il ne devait pas parler aller chez Estrella qui est une ancienne condisciple de Salimaha et qui ne se contentait jamais avec ses copains.

Le temps était calme mais les circonstances étaient agitées, sous un regard froid comme le courant d'air qui d'un coup, atteignit l'espace du discussion qui allait s'arrêter par un grand baiser de réconciliation.

De la même instant, Ganaël, la petite sœur de Salimaha, venait de sortir d'école, apercevant les deux personnes qui se regardaient l'une, l'autre après avoir eu ce grand baiser aux douce passion qui coulait dans les veines de Salimaha qui attendait vivement ce moment, malgré tout ce qui était arrivé, elle ne pouvait que haïr sa propre conscience si elle devait tout laisser tomber. Oh ! Voici qui est là ! Cria t-elle toute souriante.

- oh là ! Alors c'est enfin réglé. Lança la petite sous son uniforme aux deux couleurs.

- bon ! Il faut que j'y aille. Il avait le visage soulagé et avait une fois trouvé l'âme-sœur de sa vie comme s'il venait juste à peine de la reconnaître.

- déjà ? Répondit la jeune fille sur son visage crispé. Elle avait le comportement gris comme le ciel qui annonce la pluie à venir ; Elle avait déjà tout oublié comme s'il ne c'était rien passé entre les deux, au point qu'elle se réalise que le voulait bien plus que ma façon dont elle a voulue le chasser de sa vue.

La réconciliation à été faites par un simple plan d'excuse et celui-ci avait marqué la première étape de leur petit compte amoureux, malgré les insultes, mais certaines fois, il faut laisser du temps à celui qu'on aime, pour repensé et évaluer ses actions afin de pouvoir retrouver sa vrai place de la vie.

La sœur de Salimaha se faufila vite à l'intérieur et se dirigea vers le salon, les écouteurs branchés de son portable, faisant comme si ses choses n'avaient aucune importance pour elle.

- je dois retrouvé ma mère, elle a une fièvre qui lui a mise au brancard, je sais que tu es infirmière et je voulais te le dire mais tu sais...

Il s'était vite rappelé de la dernière fois que sa mère avait soufferte d'un douleur atroce au milieu de les genoux, il était là accompagné de son père pour pouvoir trouvé des solutions, mais là, il se réalise qu'il était le seul à pouvoir relevé ce défi.

- non ! C'est ma belle-mère après tout ! Répondit-elle surprise par cette nouvelle. Mais depuis quand ? Est-ce qu'elle est vraiment souffrante ? Demanda t-elle étonnamment. Elle avait sûr de ce qu'elle allait trouvé quelque chose pour l'aider, d'ailleurs, elle devait toujours se montrer prête à aider les gens et a se montrer capable étant qu'infirmière professionnelle.

- elle souffre beaucoup et ne mange même pas, depuis hier elle est restée au lit, je suis vraiment mal de la voir malade Salimaha. Il avait le visage presque effacer de la joie qui avait couvert ses joues à demie arrondis, et ses sourcils tomba au regard vers le sol.

- allez ! Ne sois pas si triste enfin ! comme je vais travailler aujourd'hui, je ne pourrais pas aller la voir maintenant, mais viens, je vais te chercher quelques médicaments pour soulager la fièvre. J'ai du café aussi, comme ça tu pourra prendre une tasse avec moi avant de partir !

- Mercie beaucoup ma chérie, tu ne sais pas à quel point que je t'apprécie, je ne pourrais y avoir personne d'autre que toi dans ma vie.

Ils s'embrassèrent fortement et se sont serré par un câlin, Danylan avait une qualité sincère et ne voudrais que reconquérir sa copine après ce qui était arrivé entre les deux, les mauvaises discussions et les mauvaises prétentions dont cette fois il a voulu éviter pour garder leur relation.

Le vent d'automne sifflait froidement, mais tout se passait si vite, le jeune Danylan devrait se préparer pour les grands moments à venir.

- je dois me marier. Reprit-il discrètement.

- quoi ? Et avec qui ?

- avec toi mon amour. Chuchota t-il à l'oreille....

Il caressait son rêve en dépit de tout ce qu'il pensait rencontré sur son chemin, confiant, pour lui c'était une garantie.

Bouquet de roses

Comme le temps devenait assombrit, le petit village était moins agité ce jour-là. Hérold savait qu'il était un homme un peu trop brute pour qu'on découvre ses bonnes qualités et lui avouer quoique ce soit, il avait un caractère trop masquer pour que sa fille puisse être pour lui comme une amie, qui pouvait lui demandé un conseil ou autres ; par contre, il était plus difficile pour sa fille que sa femme ne le l'est.

Certaines fois, les parents sont en contrefaçon, leur différence de comportement peuvent en faire souffrir les enfants. Comme une mère responsable, elle avait donné une bonne partie à ses enfants et s'avérer être celle en qui les deux jeunes filles pouvaient avoir de bonnes relations, Salisca connaissait pas mal de mère qui fait peur à leur propre enfants, leur font du mal comme si elles n'étaient pas porteuses de douleur. Contrairement à d'autres, elle se sacrifiait tous les jours afin de pouvoir s'approcher de plus en plus de ses enfants.

Salisca ! Cria ce vieux compère comme on l'appelle souvent de surnom. Il était un peu trop sévère avec ses enfants, et pour cette raison, elles se mettaient plutôt à côté de leur mère qui, elle, tolère certaines fois, mais, ne dépasse jamais les normes familiales. Contrairement à sa femme, Hérold gérait son temps pour le dépenser au profit de son entreprise, depuis la naissance de leur première fille, il était toujours soucieux à la recherche de l'argent et son temps était consacré à des fins commerciales ou industrielles certaines fois, car il aimait les activités des affaires économiques, c'est pour cela qu'en négligeant sa famille, ses enfants finissent par avoir que l'amitié et l'amour profond de leur mère qui avait beaucoup de soucis pour eux, chaque jour qui se levait sur leur toit.

Inquiété, il se demandait un jour, et si je devrais devenir un vrai père pour mes enfants ?

- et quoi encore ? Tu sais que je dois finir le tablier de ma fille. Oh non! Tu commence à me déconcentrer compère. Elle se leva dessus du chaise qu'elle était assise, abandonne l'aiguille qui faufilait la toile laine de la couleur vive du jaune qui était entre ses mains. Elle avait appris la haute couture après avoir terminé ses études classiques ; d'ailleurs, elle n'avait personne qui pourrait payé la caution pour elle, et elle s'était battue comme un loup pour l'apprendre.

Salisca avait de grandes yeux, elle aimait coudre des petite serviettes Qu'elle brodait ensuite.

- viens ! Je pense qu'il est temps que j'arrive à savoir ce qui est vraiment ma fille, combien de fois j'ai voulu qu'elle me dise tout ce qu'elle avait comme secret ou des choses qui pour elle peuvent lui conduire là où elle ne devrait pas y aller, là où je pouvais lui donner un avis ou un conseil je le ferai ! mais elle refuse, tu sais pourquoi ? Je pense c'est parce que je suis toujours trop dur avec elle et maintenant.. Je veux qu'elle sache que je veux devenir le meilleur père qu'elle n'avait jamais connu et ça.. Pas sans ton aide Salisca.

Elle était à quelques pas de distance et s'approcha sous ces mots frustrants qui l'avait vivement touchée.

Elle était à quelques pas de distance et s'approcha sous ces mots frustrants qui l'avait vivement touchée.

- je comprends ce que tu viens de dire, mais ne sois pas coupable à cause de cela, d'ailleurs, tout fais tout ce qui dépendait de toi pour qu'elle puisse ce qu'elle est aujourd'hui. Ton attitude, c'est la seule coupable Hérold.

- mais.. Sisca ! Cria t-il. Tournant la face vers sa femme qui était debout juste à côté de lui. Ils étaient mariés il y 3 ans de cela et ils s'habituent comme deux enfants qui se tiennent d'une forte amitié.

La maison était un peu grande, elle avait deux galerie et on pouvait rentrer par derrière ou par devant, son toît était couvert en tôle et coloré au rouge de sang des hommes violents touché par guerre des gangs. L'environnement était un peu abasourdi, chaque fois que l'on vivait le silence, un coup de feu partait de nul part et tout était troublé, ce qu'ils n'ont mutité quand ils faisait ce genre de conversation.

- tu sais, tu dois lui parler toi-même, d'ailleurs, elle n'est pas une fille stupide et tu le sais ; mais, tu dois la convaincre si tu veux vraiment devenir ce père à qui elle pourrais y avoir plein de confiance.

- je vais trouver Rox pour lui parler d'affaire, peu importe le moment où j'entrerais je lui parlerai, car tu le sais, j'ai risqué ma vie pour elle et c'est ma première fille, je n'accepterai pas qu'elle sois tombée dans de mauvaise mains, elle a peut-être raison de rester cachée pour que je ne puisse l'approcher, d'ailleurs, elle ne m'a jamais dit qu'elle avait vécu telle ou telle histoire d'amour et c'est là le plus grand problème.

-ne sois pas jaloux enfin ! Fait ce que tu as à faire, parle avec elle et elle te crachera le morceau. Répondit Salisca. Je vais voir si elle est déjà prête pour aller à l'hôpital, on dirait qu'elle s'en file déjà, alors je vais savoir ce qu'elle fait. Avait reprit Salisca.

-mam ! Cria Ganael qui s'avança vers la galerie. Elle était muni d'une petite jupe à carreau de la couleur naturel de vert et de noir pâle, sa corsage avait une bouclée de cristal tout autour de son cou et sa couleur courait au gris du bon vieux temps.

-

je suis là ma puce, comment c'était à l'école ? avait demandée Salisca qui l'embrassa et lui baisa sur le front. ses cheveux était bien plutôt courte, mais moins courte que le gazon vert de la cours où logeait leur maison.

- ouf ! c'était plutôt gênant comme journée. il y avait trop de sarcasme pour le cours d'aujourd'hui et je ne comprenais presque rien. Avait-elle répondue à sa mère qui lisait sa circonstance au visage pâle et indigné de sa fille fatiguée.

✳

Durant tout ce temps là, Dan était assis sur le canapé du salon, comme il avait quelques bagages qu'il avait laissé dans la chambre de sa copine, il songea quand il fuyait la chambre quand on l'annonça l'arrivée de compère, le père de sa copine qui n'avait toujours pas la science de savoir l'histoire qui se passait dans la petite pièce quand il n'était pas là.

Il avait entendu leur chuchotement malgré les couloirs qui séparaient les chambres ornées de céramiques blanches et rose ; vite ! il avait découvert quelque chose de spécial et en voulait faire un geste particulier à sa copine d'avoir prendre à cœur la situation de sa mère, delà étant, il réfléchissait calmement, le café commençait déjà à se refroidir, mais ce n'était pas le bon moment pour s'en occuper de cela.

Voyons ! cria t-il.

- quoi ? qu'est-ce qui ne vas pas ? demanda sa copine qui sortit si vite de sa chambre qu'elle a failli oublier qu'elle se préparait aussi à partir.

- c'est.. ce n'est rien t'inquiète pas, j'ai seulement réfléchit à un truc qui m'a donné un coup de surprise à l'esprit. glops ! une gorgée de café s'en glotte dans sa gorge après avoir répondu seulement en faisant semblent qu'il n'avait rien à cacher. il descendit la tasse blanche qui avait dessus une image très patriotique, un monument de force et de rigueur caché dans l'histoire de ce pays.

- bon d'accord ! voici tout ce que j'ai trouvé, leur prescriptions se trouve sur les étiquettes, alors, tu dois les vérifier avant de les donné à ta mère. marmonna t-elle, elle tenait une corsage pour couvrir ses parties intimes de sa poitrine, même si pour tout les deux il n'y avait pas de secret, mais toujours une question de respect et de principe.

- ah ! fantastique ! je vais enfin trouvé une solution à cette minable fièvre. il couvrait un peu le regard, car il était bien plus heureux pour ce moment, lui trouvé des fleurs ! c'était la chose à faire avant la fin de la journée, avait-il réfléchit. Des roses ! il souriait, mais sa copine était très préoccupée et ne pouvait rien remarqué sur son visage.

De l'autre côté, Hérold prenait son petit déjeuner avant de traverser dans l'autre pièce où il allait passer pour dire au revoir à toute la famille, et qui va gagner cette fois ? À coup surprise une rencontre allait se déboucher, toujours la même histoire.

Salisca s'avançait et hop ! Sursauta sur le jeune homme, assis calmement ne s'arrêtait pas de relâché de pâle sourire.

Ah ! Bonjour toi ! Tu es venue de bonne heure ! Qu'est-ce qui ne va pas entre toi et ma fille ? Avait demandée Salisca qui avait le visage surprise et étonnant.

Dan fronça les sourcils et sourit.

- Bonjour madame Salisca. Et bien. C'est juste que ma mère est malade et je suis venu demander un coup de main à Salim. Répondit-il sous le visage triste et épais.

- bien ! On dirait que tu es gravement touché à cette circonstance, je pense que l'infirmière t'aidera. Reprit Salisca qui allait vite emboîtée le pas vers la chambre de sa fille.

- C'est qui celui-là ? Demanda Hérold, qui, pour la première fois à vu un garçon assis au salon de sa maison.

On entendait un bruitage de pas qui cours de très vite sortant de la chambre de Salimaha qui avait saisie d'une grande peur qu'elle n'avait jamais eu déjà.

- c'est le fils d'une patiente de ta fille compère, il est venu chercher des médicaments pour sa mère qui est gravement malade. Cria Salisca qui défendait vite le jeune homme au visage trempé de sueur, il avait un peu peur qu'il soit découvert et tout cela n'était qu'un début pour lui, même si d'ailleurs il avait voulu tout avouer afin de ne plus garder cet amour dans l'ombre mais, on dirait que ce n'était toujours pas le bon moment.

- ah ! Je suis désolé mon ami, je m'excuse. Cria le père de Salimaha qui lâcha les mines de son visage. Je m'en vais, surtout prenez bien soin de vous les enfants, viens m'embrasser mon amour, cela me ferait autant de bien. Reprit-il sous un court sourire.

- hum.. D'accord ! Ne soit pas trop longtemps, tu sais que la rue est fragile. Répondit Salisca qui embrassa son mari qui se mettait déjà sur le pas.

Salimaha était déjà devant la porte de sa chambre, comme sa mère lui avait déjà défendu, elle avait garder le silence et ne souhaite qu'au revoir à la fin. Hérold les quitta, et avait claqué la porte.

- c'est mon tour maintenant, je vais m'en aller car je suis presqu'en retard pour aujourd'hui. Marmonna t-elle.

- moi aussi, je dois aller donner les médicaments à ma mère, alors, on y va ! Lança Dan, il se leva subitement du siège qu'il était assis, oublié la tasse qui contenait toujours quelques gouttes de café.

Ils sortît après avoir annoncé leur départ, mais au cours de route, les deux amoureux continuaient leur conversation, ils marchaient sur le trottoir avant d'avoir trouvé un taxi pour emmener Salimaha à l'hôpital.

- je t'invite à un repas ce soir, je sais que tu viendra voir ma mère alors j'en profiterais l'occasion ! Chuchote le jeune garçon qui sourit d'une tendresse particulière.

La jeune fille jaugea et avait très heureuse de dire oui à son petit ami, mais elle devrait trouvé quelque chose pour se défendre et même pour y passer toute la soirée.

Elle s'était habillée d'un blouse rose pâle, comme la couleur tendre des petites roses qui faisaient leur toute première apparition, elle avait mise un peu de rouge à lèvres afin d'être plus éloquente ; par delà, Dan se rappelle ce qu'il avait a faire cette soirée, une table garnis de beau plat et de quelques fleurs pour la décoration.

- tu vas être en retard Salim, en voici un taxi qui s'approche. Cria t-il sous le visage pâlit d'un secret que lui seul pouvait lire dans les pensées.

- c'est vrai ! Salimaha fait signe au chauffeur qui s'arrêta tout près de la place où ils étaient debout, on entendait les réchauffements des moteurs de voitures ou de motocyclettes, ils faisaient du vas et vient comme les vagues de la mer au retentissement de cris de oiseaux, mais tout était différents à la ville, les marchands vaquaient tout le long des rues et des ruelles.

Je m'en vais, alors à plus tard ! Lança t-elle pour une dernière fois.

Le jeune homme se tourna et pris la route pour rentrer chez lui, malgré la peur qu'il avait pour sa mère souffrante, mais il résistait pour pouvoir accomplir son dessein. Au cours de route, il passa chez un fleuriste, acheta un très jolie bouquet pour son invité, après cela, il rentra chez lui et consola sa mère.

Quelques heures plus tard, il était 8h30 dans la soirée, assis tranquillement devant la table et lisant une portion de texte romantique, quand soudainement quelqu'un frappe à la porte.

Il courait si vite, qu'il frappa sa jambe, ouï ! Cria t-il en massant la partie touché par la douleur de l'accident.

- qu'est-ce qui ce passe mon grand ? Que t-est-il arrivé ? Cria sa mère qui, couchée dans son lit avait entendu la souffrance de son fils.

- ce n'est rien maman, t'inquiète pas. Répondit le jeune garçon qui marchait tout boiteux pour aller voir qui avait frappé à la porte.

- bonsoir ! Lança Salimaha qui souriait froidement sous une robe spéciale qu'elle avait portée pour la première fois.

Dan était éperdument déborder à regarder sa copine comme s'il l'avait croisé pour une toute première fois.

Qui a-t-il ? Mais pourquoi tu me regardes comme ça ? Tu me fais honte ! marmonnée la jeune fille aux cheveux lisses et la couleur jaune dorée de sa robe.

- désolée.. Rentre ! Il avait gardé le courage pour avouer à sa copine combien elle était ravissante et très splendide pour cette toute première soirée.

Chut ! Ne dite rien, je ne veux pas que ma mère sache que tu est ici à cette heure-ci, suis moi. Bourdonna le jeune garçon.

Les deux amoureux passaient dans le petit couloir, glissa dans la pièce, où Dan avait choisi pour préparé ce dîner.

- Et ces fleurs ? Ce sont des roses ! Lança Salimaha au visage stupéfiant.

- ça ! Hum.. Elles sont à toi mon amour, je les ai achetés pour t'offrir en cadeau, car tu es la seule au monde que je veux avoir toute ma vie dans mes bras.

Danylan appréciait sa certitude, mais d'un courte réflexion, il se rendu compte que l'amour c'est un bouquet de rose qu'on ne peut offrir qu'à celui qu'on désire le plus au mondes.

- écoute.. Je ne sais vraiment quoi te dire, à chaque fois, chaque moment, je ne sais pas ce que je suis, tant que je vis je ne pourrais plus avoir des sentiments aussi fort pour un homme que toi. Je voudrais te plaire et j'ai partager ce secret avec ma petite sœur, et ma mère, elle sait que je suis venue dormir avec ta mère.

- je comprends. De loin, Danylan s'en doutait de la pression qu'il pourrais y avoir des parents de sa copine, mais.. Il s'en passe.

Ils étaient très heureux ce soir-là, et Salimaha avait la flamme au cœur quand elle avait entendue les paroles qui sortaient au fond du cœur de son copain, c'était pour eux une toute première nuit et une pluie s'était déclenché pour arrosé leur lit d'amour et de tendresse avec ce bouquet de roses qui effleure la table du dîner.

Ce soir-là, il y avait un calme très assombrit, on dirait qu'il n'avait jamais eu de trouble dans la ville, car ont disait toujours que cette ville est dangereuse et n'est pas un endroit fiable pour joué le tour des amoureux pour trouver le bonheur ; cependant, les petit insectes jouait leurs instruments et il y avait de la musique provenant de quelque part dans les maisons avoisinantes. Chaque regards contenait une vague de sentiments qui coulaient comme une rivière de sang dans les veines des amoureux, arrivant dans la chambre de Dan, Salimaha était très surprise, dans sa jolie robe qui l'avait rendue si sexy, interrogea : et maintenant, qu'allons-nous faire ?

Il relâcha un sourire pâle et radieux, lança un coup d'œil vers le lit...

Une belle avalanche

La matinée débutait sous des regards profonds et absolu des amoureux, comme ils étaient pour la première fois, couché dans la même berceau, ils avaient les cœurs trempés de tendresse et d'amour.

Il était 6h00 du matin, la rosé faisait sillonné les feuillages et le soleil restait toujours caché derrière les montagnes, mais sa clarté avait donnée du goût au réveil ; des oiseaux gribouillaient, et on entendait des coqs chantés dans les bergeries... Cocorico ! Cocorico !

Le jeune homme regardait tardivement sa copine qui avait le visage brillant et admirable dans son lit portant deux oreillers qu'il avait tiré de l'armoire de sa mère, la beauté seule de Salimaha en pouvait dire tout sur sa qualité. Il lui caressa son doux visage, lui baisa tardivement sur le front. Il caressa ses cheveux dormants qui étaient pliés sur l'oreiller et lui faisait des petit baisers sur les épaules nu qui étaient hors de la couverture du drap neuf qu'il avait mis à sa disposition pour se protéger contre le froid.

- Si je pouvais compter chaque brins de tes cheveux, je t'aurais baiser une par une, tes chevelures. Ajouta Danylan; Si tu arrives toi même à le faire, peut-être que tu en découvriras combien je voudrais te baiser dans mon lit. Chuchota t-il à l'oreille de sa copine dormante, qui ouvrit doucement ses paupières après ces mots qui ont percé ses tendons. Elle respirait profondément, l'air frais qui circulait par la fenêtre qui dormait au-dessus de leur lit, elle résistait aux paroles qui venaient de son copain, mais, elle se rappelait que les douces phrases viennent au plus profond du cœur.

Par dessus de cela, Danylan lisaït la couleur rutilant des yeux de sa future conjointe, car il le voulait à chaque fois qu'il l'avait imaginé ; il prenait tout son temps à admirer la couleur pourpre de teint de sa copine, malgré les cheveux noir étincelant, il ne pouvait que faire la comparaison avec de la foudre d'or cramoisie.

- est-ce que... tu n'as jamais pensé à nous marier Dan ? Demanda la jeune fille de sa voix fine, aux cils éparpillées. Je pense que c'est une très bonne voie à prendre pour bâtir un vrai foyer. Tu ne penses pas ?

- c'est une question que je me suis posé à chaque regard, chaque attention que je voudrais te donner, mais cela reste encore un calcul dans ma mémoire. D'ailleurs, ton père n'accepterait pas s'il sait que je n'ai pas un très grand boulot, faire de la peinture d'automobile c'est presque nul comme métier. Avait-il répondu en regardant Salimaha fixement, sous les cils surélevé.

Comme la rosée qui pleuvait du sucre sur les plantes, la jeune Salimaha se pliait sous la caresse de son copain, qui lui souriait tendrement.

- tu sais Dany, je n'ai pas à plaire à personne, chacun son choix, son goût et son propre cœur, cela ne signifiait à rien si jamais j'avais aimé quelqu'un juste pour plaire aux gens, et mes parents aussi ne peuvent pas nous bloqué, déjà auprès de toi, je trouve autant de chaleur pour me réchauffer, pourquoi devrais-je accepter tout ça si je dois te laisser à cause mes parents ? Ne te laisse pas conquérir par le doute, seulement, aime moi et fais moi l'amour comme si demain n'existait jamais. Marmotte la jeune fille qui n'avait plus la force de résistée à ce moment.

- j'ai entendu ta voix, et de loin, je commence à comprendre que les guerres nous ont appris à s'aimer plus fort chaque jour, j'ai tenu ma morale dans toutes ses raisons là, et bientôt tu découvriras ce que j'ai du plus profond de mon cœur.

Comme le soleil tardait à se lever, une faille de sommeil emporta Salimaha qui se pliait corps à corps à son copain ; Danylan se leva après une dizaines de minutes et glissa dans la chambre de sa mère.

Oh lala ! Tu... Tu es là mon fils ! Je n'ai presque pas dormi tu sais, mais les médicaments commencent à me soulager, je ne crois pas que je vais rester au lit aujourd'hui, ah ! J'ai tellement de choses à faire ! Marmonna Hélène, elle était fatiguée d'avoir vu ses jours dans son lit, d'ailleurs je n'ai pas d'infirmité ; avait-elle reprit. Elle était enveloppée de drap qu'elle utilisait souvent de fois, tenant le bras droit de son fils qui s'était appuyé contre son oreiller.

- mam ! Il ne faut pas t'inquiéter, tu sais que je suis en mesure de faire quelques choses, tu dois te laisser du temps pour te reprendre. Répondit-il calmement.

- mais.. Qu'elle est cette bonne infirmière qui t'as prescrit ces bons médicaments ? J'ai lu les prescriptions et il n'y a pas ces médicaments dans toutes les pharmacie de la ville.

- ah oui ! Cette personne, je crois que tu la reconnais, elle travail à l'hôpital Camejo sur la voie du sud à quelques kilomètres de la zone. Reprit le jeune Danylan qui voulait avouer en quelque sorte la bonté de sa copine.

- et cette personne, est-ce une fille ? Ou l'un de tes amis ? Interrogea sa mère, soulevant ses sourcils, elle avait le caractère pâle, c'est-à-dire, qu'elle appréciait tout le monde mais, elle avait toujours à se méfier de certaines personnes qui parfois, veulent lui ôter tout ce qu'elle avait comme héritage. Tout le mon appréciaient sa qualité, car, elle n'a pas à attendre quand quelqu'un lui demande pour donner, elle aime aussi faire des histoires pour pouvoir réveiller la joie dans le cœur des gens, mais, elle n'a jamais voulue que certaines sachent qu'elle était malade, de ce fait, elle s'en doutait, d'ailleurs, Elle était toujours sans gêne et résignée malgré tout ce qu'elle avait vécu depuis la disparition de son mari, il y a quelques années de cela..

Elle ne pouvait pas se avoir ce qu'elle avait tant voulue depuis cet événement à cause de sa froideur et son plus grand défaut, on lui répétait souvent qu'elle était trop docile et qu'elle n'arriverait jamais à avoir bonnes informations qu'elle voulait sur la disparition du père de son fils, qui lui était toujours inquiet et certaines fois gêné de tout ça.

✳

À ce moment-là, Salimaha, s'était déjà réveiller à l'absence de son copain, mais ne s'était pas dérangée à cause de cela, parce qu'elle savait que la mère de Danylan avait besoin de sa présence ; elle quitta le lit, alla vers le miroir de la coiffeuse pour regarder ses cheveux, elle les gratta et lâcha un soupir : humm ! Gémit-elle. Elle quitta la chambre à la recherche de la douche, mais, oups ! Quand on n'est pas habitué, on pourrait s'atterrir au milieu de nulle part, et elle ne l'avait pas imaginé ; Elle songea les roses, mais ne pouvait guère trouver l'endroit idéal pour en retrouvée les chambre.

- mais.. Qu'est-ce que.. ? Cria la mère de Dan, voyant l'ombre s'approcher. Ah ! C'est une femme ! Mais Qui est cette jeune femme ? Je ne savais pas que tu emmenais des jeunes filles chez moi ! S'exclama Hélène, ayant surprise par Salimaha qui s'était tomber tout droit dans la chambre où ils conversaient calmement.

Danylan regardait de loin quand arriva Salimaha, il était très surpris de cet accident, il se mettait dans le pétrin, avait-il réfléchit ; Étonné, il fallait quand même avouer la vérité...

Les regards ont frappé à la peur et au surprise, pourtant, Danylan devrait avoir le courage de tout raconter, mais surtout de ne pas commettre la moindre erreur. Il fallait directement avouer à sa mère ce qu'elle était celui qui voulait lui aidé, et les médicaments ? Si elle savait de qui elles provenaient, peut-être, la regardera t-elle d'une autre manière ? Tout les erreurs sont parfois payés dans de grave circonstances, et ceci, au moment même que vous n'avez pas imaginé.

- maman c'est... Bredouille t-il de sa voix enroué ; c'est ma copine Salimaha, je te la présente, et Salim, c'est ma mère Hélène. Avait-il ajouté. C'était la première fois qu'il présentait une fille à ses parents, il avait un peu de timidité mais... Pouvait-il laisser à demain ?

- je croyais que tu n'avais que des amis comme Rolex ! Désolée ! c'est une blague. Figea t-elle en regardant la jeune fille ; enchantée ! Comme vous pouvez le voir, je ne me porte pas trop bien et... Je me sens mal quand c'est mon fils qui fait tout à la maison, est-ce que vous comprenez ça ? Murmure Hélène qui se plaignait fortement d'une tristesse.

- et moi c'est Salimaha, la fille d'une très belle couturière ! Répondit-elle d'un sourire de cerise comme le teint sa peau fine que son copain adorait tant qu'il pouvait le faire dans sa vie ; Avait pensé le jeune homme qui s'avère aimer sa copine avec autant de folie.

- maman c'est... marmonna Danylan interrompit par sa mère qui lui arracha les mots, de sa voix pâle qui est une marquage de craintifs, il n'avait pas peur de sa mère mais, de la crainte, il en avait fortement. Même s'il avait l'âge pour choisir son partenaire, mais il ne faut jamais nier les parents.

- ah oui ! Je sais ! C'est elle ta copine, mais dit donc, vous avez beaucoup de temps dans cette relation ? Je n'espère pas que mon fils espérait me cacher cette grande surprise ! Avait-elle reprit, ses cheveux noirs ne cachait pas sa beauté malgré sa circonstance.

- je suis désolée madame, je ne crois pas que ton fils a voulu tout gardé en secret, je... Répondit Salimaha de sa voix tremblante et qui se sentait un peu mal à l'aise.

- non maman, nous n'avons pas trop de temps ensemble, mais elle et moi nous étions amis avant que nous soyons tomber amoureux l'un de l'autre, c'est pour cela que j'ai pris un peu de temps pour te mettre en courant, d'ailleurs, je souhaite dans les jours avenir que ce sera ma fiancée. Répondit le jeune garçon qui fixa sa copine d'un œil sincère et concret.

- ah ! Je comprends ! Alors je te souhaite la bienvenue dans la famille ! Cria la mère de Dan qui toucha la main de la fille qui souriait avec beaucoup de gentillesses.

- mercie madame, je souhaite que tu sois rétablie dans quelques heures ! Durant ce temps là, moi et Dan allons nous occuper de la maison, ensuite, nous pouvons dîner ensemble ! Jaugea la jeune fille debout à coté du lit, et Dan lui lâcha une mince sourire.

Alors, pas de panique ! Avait t-elle ajoutée.

- viens, je vais te montrer la cuisine, comme ça tu pourrais commencée le ménage et moi, le reste ! Répondit Danylan.

- attend mon fils, dit, est-ce que tu as retenu certaines entre les conseils que t'avais donné ton père ? Interrogea Hélène sous des regards inquiet.

- bien sûr que si maman ! Mais.. Où est ton téléphone ? Tu n'as jamais reçu l'appel de l'inspecteur Aris ? Questionna le jeune garçon.

- ouf ! Je ne sais pas si peut-être aujourd'hui s'il pourrait le faire ! mais.. pour l'instant, je ne crois pas. Répondit Hélène qui avait las de sa misère.

- bon ! Ce n'est pas lui qui a le pouvoir de tout faire, tout connais mon rêve n'est-ce pas ? Reprit-il.

- mais.. Mon fils ! Cria Hélène. Ce n'est pas ce que je veux pour toi et...

- arrête maman ! Viens mon amour, on y va ! Je suis vraiment désolée maman, il n'y a que moi qui peut avoir les réponses à nos questions. Danylan avait un esprit bien contrôler par sa bravoure, malgré tout les rumeurs qui couraient dans la ville, les meurtres de certains policiers, il voulait lui-même se met à l'aventure, surtout, retracer les pas de la disparition de son père. Il se tira au côté de sa mère qui lui fixa d'un triste sourire, se tache à sa copine qui passa ses mains par la hanche et quitta la chambre sous l'air froid du triste visage d'Hélène.

✳

D'une part, la mère de Salimaha s'inquiétait, mais elle ne sifflait que la raison d'un cas de maladie à son mari quand il la questionna à propos de l'absence de sa fille.

- je ne voudrais pas me mêler de vos affaires mais, je pense que ta mère a beaucoup de soucis pour ce qui s'est passé avec ton père. Lâcha Salimaha dans sa robe de nuit. Elle constituait un brettelé à chacune des épaulettes et la couleur, comme le coton ou même les nuages poussés par la brise des brouillards.

- écoute ma chère future fiancée, ce n'est pas l'absence qui fait l'objet principal de ce qui est arrivé, le problème c'est que personne ne sait où et pourquoi c'est ça le plus grand énigme. Répondit Danylan.

Laisse tomber ce sujet pour le moment, j'avais tellement envie de te voir dans mon lit, ce matin je n'avais de phrases pour exprimer ce que j'avais ressenti en lisant sur ton visage, comme si je t'avais croisé pour la première fois sur mon chemin ; Avait-il lâché.

- Dan.. Tu n'es pas le seul a pouvoir ressentir ces choses-là et pour moi, quand je suis embrasé par la chaleur de ton corps, c'est comme un belle avalanche qui déchaîne au pied des montagnes glacier de l'atlantique ; Elle s'appuyait contre la poitrine de Dan, qui lui embrasse si assidûment.

L'amour vrai est comme une belle avalanche, quand on vit ce que l'on voit on ne peut mesuré ses dégâts, ce qu'avait ressenti Salimaha sans avoir rien relâchée après ces mots.

- tes lèvres sont comme des aromates, j'adore me larguer contre ta peau rose comme la vive fraîcheur des tomates qui s'assemblent et ressemble à la beauté artistique naturel du jardin de mon père, tu sens le parfum des Iris, d'un mélange de parfum d'amour et de plantes aromatiques. Mais.. Viens ! Viens avec moi, je vais te montrer un tableau que mon père avait donné à ma mère le premier jour qu'il allait lui offert un cadeau pour son anniversaire. C'est une chute glacial daté des quelques dizaines d'années.

Ils passèrent par un petit couloir qui séparait la cuisine et les chambres, marchant main dans la main comme deux oiseaux qui volent et qui s'aiment en même temps ; quand ils furent arrivé dans le salon, à la première vu, les yeux de Salimaha ont réfléchit sur le tableau dont le jeune Danylan lui parlait dessus.

- Oh ! Magnifique ! C'est vraiment mystérieuse ! Cria Salimaha.

Elle embrassa son copain pour le remercier de la surprise et regardait le tableau qu'elle adorait comme si cela se passait sous ses yeux et vivait le phénomène magistrale du bon vieux temps.

- et maintenant, voici mon amour qui s'enflamme comme le phénomène qui fait vivre un moment de bonté naturel, et C'est celui dont j'ai pu ressentir pour une femme si sexy comme ma chère Salim. Marmonna Danylan qui lui donna un baiser au côté droit du cou tendrement.

- dit moi donc mon amour, serais-tu vraiment prêt à m'épouser ? Elle tourna sa face et fixa Danylan droit dans les yeux.

As-tu vraiment l'intention de le faire ? Avait-elle repris de sa voix fine et claire.

Danylan lui fit un regard anxieux, mais, il tient encore la réponse.

- tient toi prête, nous allons promener un peu.

- où ça ? Tu sais qu'on vit dans une ville très dangereuse.

- ne te fait pas de soucis, on va partir loin d'ici et revenir après quelques heures. Je vais payer un taxi pour nous emmener hors de la ville, chez " Lolita " l'ancienne Manbo qui a fait tant parler de son nom, il y a des montagnes super géantes là-bas, comme ça on pourra vivre l'événement du tableau de nos propre yeux.

- mais... Il n'y a pas de neige là-bas !

- euh... Ah oui c'est vrai je.... Je me suis troublé, désolée. Danylan tourna le visage et rougit.

Cliché d'amour

Les fiançailles de Danylan

Les habitudes sont tellement évident ! Je me sens très satisfaite de mon copain ; Racontait Salimaha à son amie Tuliphie, qui n'avait l'air pas trop contente de savoir que son amie n'avais pas voulue baisser les bras dans cette relation, qui avait déjà une lignée d'habitudes dont elle ne pouvait guère s'emparer.

Le choix de devenir fiancé n'est pas une charge à capoter, mais une décision d'amour qui approuve notre vive sérénité. Ce qu'il avait voulu faire depuis quelques temps de cela, mais, C'est le destin qui crée les moments favorables a notre gré.

Deux jours passaient, et la cadence de l'histoire d'amour entre ces deux jeunes là, faisait un peu de bruits dans le quartier, Et pourquoi ? Mais quel était le vrai problème des gens ? En quoi leur intéressent-ils ?

La réalité était simple, mais le sens de leur imagination très compliqué ; certaines personnes voyait leur relation comme un jeu d'enfant, cependant, pour certains autre un simple exemple à expérimenté dans leur vie.

Sans oublier, le père de Danylan était raciste et ne faisait que ce qui lui venait à l'esprit, et s'il était revenu à la maison ? Bien sûr, on disait souvent qu'il n'était pas trop loin, mais il fallait payer sa rançon en négociation avec les kidnapper.

Ps : Salimaha

L'aube faisait son doux éclat, et la ville était calme comme un lac dormant qui ne s'agite pas sous le vent froid qui sortait de la région nord du pays.

Salimaha préparait son aller pour l'hôpital, dont elle avait reçu un appel à un grave cas d'accident qui était arrivé dans les moins de 24 heures.

- ma fille ! Cria son père qui s'approcha de sa chambre.

Salimaha était un peu troublée, à ce moment-là, elle ajoutait du maquillage et s'installait par devant son grand miroir ; elle connaissait bien la voix de son père, mais, résiste et reste très silencieuse.

Salim c'est ton père ! Ouvre moi s'il te plaît. Reprit-il. Il avait en réalité la faiblesse d'être un père, ils avaient leur première enfants à 17 ans et connut pas mal de moments dans leur vie ; mais Hérold avait déjà de quoi nourrir sa famille, son père était mort et lui laissa la trace d'un vrai entrepreneur, il avait un entreprise où ils gagnait pour le reste de sa vie ; de ce fait, il était malgré cela, un père qui éprouvait de grandes jalousies pour ses enfants, il gère, il contrôle, mais parfois ça manque et lui désoriente de ce qui se passe dans la maison.

- oh non ! Pas maintenant ! Cria la jeune fille qui lâcha son crayon de sourcils comme s'être obligée.

Je suis là papa ! Je me prépare juste pour sortir, donne moi une seconde.

Elle avait l'air inquiète, car depuis qu'ils avaient acheté cette maison, ce fut une deuxième fois que Hérold frappait à la porte de la chambre de sa fille.

- je voudrais simplement te dire quelque chose ma fille, je n'ai pas l'intention de te causé plus de retard. Reprisait Compère qui parlait souvent à belle dents, mais cette fois, ce n'était pas le même comportement.

- ça y est ! Me voici. Lança Salimaha qui ouvrit la porte brusquement.

- je voudrais te parler ma fille, mais il fallait que je t'avertis d'abords, après ton travail j'aimerais que tu me retrouve au salon pour une petite discussion.

- d'accord père, mais là il faut qui j'y aille ! Répondit La jeune fille qui s'empressa de sortir.

- bien ! Je te souhaite une superbe journée.

- merci papa ! Disant cela, il ne voyait que le dos de sa fille et il se retourna dans le salon pour son match de football.

*

Ps : Danylan

- Maman ! Aujourd'hui je vais au commissariat pour m'assurer que le travail se poursuit, je veux savoir si le dossier est entre de bonnes mains ou pas. Lança Danylan qui s'empressa de partir.

- d'accord fiston, mais ne t'en fait pas trop de soucis si toute fois.... Bling-bling ! Bzz ! Bzz ! Téléphone qui sonnait sous mode de sonnerie et de vibration.

Ah ! Mon téléphone ; marmonna Hélène qui tira le téléphone sur la table qui était très proche d'eux du salle à manger.

Appel inconnu.

- c'est quoi ça ? Je ne comprends pas pourquoi cette personne n'a pas identifier son numéro.

- laisse voir maman ! Il prit le téléphone et décrocha de sang froid. Allô ! C'est qui à l'appareil ? Allô !

- Je suis celui qui retient ce que vous voulez, c'est maintenant ou jamais.

- je ne comprends pas, à qui voudriez vous parler ? Lança Danylan étonnant de ce genre de voix gras qui lui parlait avec tant d'arrogance.

- écoute mon ami, toi et moi nous n'avons qu'à négocier, je n'ai pas à en dire plus mon ami. Surtout, si tu veux avoir ce que toi et ta mère cherche, il ne faut avoir le moindre contact avec la police, est-ce que c'est clair ?

Hélène serra les bras et resta attentive pour s'assurer que ce n'est pas un drôle de message de l'inspecteur, elle rougit et fixa son fils d'un air pâle et indignée.

- vous voulez quoi exactement ? Demanda t-il en fuyant les regard de sa mère.

Mais... Où est-ce que tu vas ? C'est qui celui qui a appelé ? Dit moi. Hélène était impatiente de savoir qui s'était, surtout, elle s'en doutais fortement qu'il s'agissait de menace ou d'agacements quelconque ; avait-elle réfléchit.

- on va faire un marché mon ami, si ça marche, tu auras ton père en moins de 24 heures et si ça tourne mal on peut dire au revoir à papa. Chuchota le kidnapper de sa voix grasse et agaçante

Fils ! Est-ce que c'est... Est-ce que c'est toi ?! Arg. ! Lâchez moi bande de nuls ! Cria son père qui s'empressa de parler.

- la ferme ! Ferme ta grande gueule si tu veux revoir ton fils ! Répondit l'homme.

- que voulez-vous ? De l'argent ? Combien vous en voudrez ? Lança Danylan qui se pliait calmement sous les menaces de l'inconnu.

- mon fils ! Passe moi le téléphone ! Cria sa mère qui s'approcha de lui avec plein d'inquiétude.

Attends maman ! Laisse moi faire....

- ouvre bien ton oreille, j'ai besoin d'une somme de 15 000 dollars pour relâché ton père et ceci en moins de 24 heures est-ce que c'est clair ?

- en moins de.... Relacha Danylan en bégayant les paroles.

Je... Je ne... Dit-il.

- c'est bon ! la négociation est terminée, une fois prêt, j'enverrai un homme pour faire le reste du travail, mais je t'appellerai durant la journée. Clop ! Bip ! Bip ! Bip !

*Appel terminé.

- tu vas me dire qui venait de me provoquer avec ce numéro inconnu ? Reprit Hélène, elle était soucieuse et surtout tourmentée par cette situation.

Elle portait une de ses plus belles robes qu'elle en faisait ses plus grandes préférences, elle avait des manches comme celles des soutien-gorge qu'elle portait toujours sous ses habits, rouge et portant des caricatures de pommes du couleur rouge vive écarlate, comme la fraîcheur de sa belle fille qui adorait aussi cette couleur pour couvrir le teint de sa peau.

- ce sont... C'est... Marmonna Danylan qui fut saisi par une grande frustration.

C'est juste un ami, voilà !

- pourquoi te moques-tu de moi ? Tu ment maintenant à ta mère? Interrogea Hélène qui était très indignée par le comportement de son fils.

- je suis désolée maman, je dois partir.

- mais... Fiston ! Ne me dit pas que tu vas me cache ce qui ce passe ! Reprit Hélène, au visage pâle sous un air froid de vagues suspicions.

- les kidnapper, c'est tout. Lança Danylan qui s'en alla après ces mots.

Il marchait calmement, sous le vent frais du printemps qui siffla doucement sur les lauriers de la prairie ; grand comme il l'avait toujours pensé, il fallait se montrer homme pour être un jour respecté. Il portait un jeans bleu de bonne marque et son T-shirt avait presque la même couleur, il avait un bracelet de sa mère, qui lui servait comme une force chaque fois qu'il le regardait dans ses bras.

Ayant quitté la maison, il concevait deux choses par quoi il devait lancé sa journée ; il marchait comme si rien ne lui avait choqué ou même blessé. << aujourd'hui j'ai une chose spécial à réglé et maintenant... Mon père ! Que faire ? >> Danylan marchait tout en grommelant les mots, et soudainement, voici arrivé son ami Rolex, c'était pour lui un ami à qui il pensait toujours en faire confiance, mais certaines fois, les meilleurs amis peuvent tout faire foiré en un seul instant, par contre, Rolex lui, il était très compréhensif, d'ailleurs, il connais certaines histoires dont lui il raconte toujours à son ami. Ses yeux cours au marron, comme celui d'un serpent de la prairie qui ne fait que peur au passants ; il s'habillait comme toujours, d'un chemise jaune à carreaux blanches qui était pour lui la plus belle des chemises que ses parents ne lui avait jamais donné en cadeau.

- holà mon ami ! Cria-il de sa voix grisée.

- salut mon pote ! Est-ce que tout va bien ? Répondit Danylan qui monta ses sourcils pour chasser la triste surprise sur son visage, mais, blanchi par sa circonstance.

- c'est plutôt moi qui doit te demander si tout va bien ! Hé ! Il paraît que ce n'est pas le vieux ami que je connais, quelque chose ne va pas avec ta mère ? Demanda le vieux copain qui lisait sa triste émotion dont voulu t-il caché à son ami. Il était plutôt réserver comme sa mère, mais certaines fois, un conseil peut être utile ; avait-il cru en dépit de tout.

- ah ! Tu vois que je suis triste mon ami ! Ah non tu rigoles ! Une goutte de larme échappait de ses paupières, quand il s'était vite rappelé des menaces du fou furieux inconnu qui avait appelé dans les minutes précédentes.

- et voilà ! Tu ne peux pas me cacher mon ami et tu le sais. Avait reprit Rolex inquiété pour son ami. Raconte moi ! Peut-être que je pourrais vite te donner un conseil mon frangin.

- Bon d'accord ! Comme tu insiste, alors voilà se qui se passe, je planifiait mes fiançailles avec Salim aujourd'hui, mais... J'ignorais que quelque chose d'autre allait arrivé et....

- elle n'est pas d'accord ? Répondit son ami qui se sentait indigné.

- non ! Des... Des ravisseurs ont appelé aujourd'hui et ont demandé une grande somme pour relâché mon père, et ceci en moins de 24 heures.... Bégayait Danylan à son ami. Il avait un peu la cadence de son père mais, il était toujours différent par simple sagesse et de comportement.

- quoi ? Tu n'es pas aller au commissariat? Demanda Rolex qui fut rempli d'une grande frustration.

- non vieil ami, il m'ont mis en garde.

- euh.. Si je comprends bien c'est que tu es le leu à pouvoir résoudre ce problème ! Bon voilà ! Je vais te dire...

Rolex lui raconta une petite histoire qui s'était arrivé il y a 5 ans de cela, mais ce qui le plus important dans l'histoire c'est savoir faire le choix idéal afin de ne pas être vaincu par la moindre erreur.

- alors là tu vas choisir entre ton père et ta copine qui d'entre peux-tu envoyer à demain, ou s'il est possible d'arranger les deux cas. Moi, je vais t'aider à trouver des emprunts tout dépend de la somme et toi tu pourra faire comme Jack l'acteur du film : Titanic , sois tu te mets à nager dans l'eau pour ne pas retarder sois tu t'en fiche d'elle et t'appuyer sur le cas de ton père.

Danylan réfléchit un instant et ses yeux s'ouvrirent comme le soleil du midi qui s'éclate dans le ciel.

- j'ai trouvé ! Merci mon ami. Aide moi à trouver des emprunts comme tu viens de le dire et moi, je verrai ma copine avant la tombée de la nuit et je lui en offrirait une bague, puis, je lui raconterai ce qui était arrivé et comme ça elle pourra bien me donner un coup de main.

- bien ! Je souhaite que tout se passera comme prévu, et surtout, ne t'inquiète pas, je n'avertirai pas la police. Reprit Rolex qui sourit froidement.

Mais.. Que se passerait il si Salimaha apprenait ce nouvelle après leur fiançailles ? Est-ce quelque chose de secret ? Et son avec son père, que va t-il se passer ? Il s'en doutait fort de cela, mais, pour lui, offrir une bague à sa copine, c'était comme lui donner un cadeau d'anniversaire ; et il voulait le faire par simple surprise.. Mais.. Pourrait-il faire tout ça sans se présenté au parents de sa bien-aimée ? Une courte réflexion, et ça devient une lourde situation.

Ils étaient amis depuis leur enfance, la mère de Rolex morte il y a quelques années de cela, était une amie pour sa mère, c'est pourquoi qu'il voulait lui accorder son soutien et Danylan ne pouvait pas le refuser. Ils passèrent leurs vacances ensemble, promenait comme deux frère jumeaux ; certaines fois, des gens du quartier leur demande s'ils étaient frère, mais ils leur racontait comment leur amitié avait commencé, surtout par la relation des deux parents qui maintenant sont séparés.

Pour les gosses, ils étaient comme un pont malgré les éloignements des deux familles, de ce fait, les jeunes gens apparaissaient comme des maillons de ses deux là.

Après cela, Danylan continu son chemin, mais, fut changé d'orientation.

Il se rendit au magasin d'orfèvre, où il choisissait la qualité des anneaux dont il voulut offrir à sa copine.

Après cela, Il traversa à l'autre bords de la rue, et rencontra sa copine qui attendais à ce que son amie vienne lui retrouver afin de se rendre à l'hôpital.

- salut Salim. Lança Danylan d'une mince sourire fatiguée.

Elle sursauta sur son copain comme si elle l'attendais en chemin ; comme elle attendait son amie désespérément, l'arrivée de Danylan était pour elle comme une délivrance indescriptible, elle sourit et embrassa son jeune amant.

- que fais-tu dans les parages ? Demanda t-elle dans pleine contentement de voir son copain. Les bruits de "kip ! Kip ! " des tap-taps, des bus qui transportaient des passagers et des motards et le vent, emportaient les paroles au vague de l'espace.

- j'ai grandement besoin de toi pour te parler mon amour.

Il ne pouvait douté de ce qu'il pourrait y recevoir en retour comme réponse de sa copine, les mains dans les poches, sourcils élevé. Il avait marre de ce que le père de Salimaha pouvait dire ou donné comme réaction, tout ce qu'il en voulait, C'est... S'adonner nettement à sa femme.

- ah ! Pour l'instant tu sais.... Gribouilla la jeune fille aux chevelures rougeâtres.

- oui ma chérie, je sais que tu t'empresses pour aller travailler ; mais.. C'est pour cet après-midi. Répondit-il.

- mais.. Je ne suis pas encore sûr que j'aurai du temps pour cet après-midi et...

- Aller mon amour ! Fais un effort. Reprit Danylan de ses yeux noirs suppliants.

- bon ! D'accord. C'est à quel heure ? Et puis... C'est chez toi ou chez moi ? Demanda la fille au cheveux roux qui étincellent sous les doux rayons ultraviolettes du soleil malgré les poussières qui s'élèvent dans presque toute les rues de la ville.

- 17 heures, chez moi. Répondit-il.

Il s'est remémorer du moment qu'ils avaient passé la nuit où sa mère était souffrante et songea ce bouquet qu'il lui avait offert cette nuit-là.

- dit mon amour, tu as fait quoi avec le bouquet ?

- ah ! Il je l'ai conservé dans ma chambre et a chaque fois, je respire le parfum d'amour qu'elle jette de ses jolie roses. Elle sourit.

- fascinant ! Pour te dire vrai, il n'y aura pas de rose ce soir, mais plutôt, quelque chose de bien plus précieuse.

Il avait un sac à dos qu'il emporte toujours avec lui quand il n'allait pas trop loin ou qu'il utilisait pour en faire ses achats. Et dedans, il y avait cette bague qu'il venait juste d'acheté pour sa meilleure amie comme une surprise parfaitement idéale à offrir.

- je dois te laisser.

Il avait un soif débordant au cours du chemin, il voulait justement trouvé un endroit où il pouvait procurer de l'eau à boire. Il tourna le dos et s'en alla après un court et tendre baiser.

- Hé ! Cria Salimaha.

Dans ses souliers noirs qui trottait passivement au trottoir, il avait entendu cette voix et remarqua que c'était celle de son amoureuse copine, qui continuait à le regarder après son déplacement.

- moi aussi.. J'ai quelque chose à t'expliquer, mais... Ne t'en fait pas. Plus tard je ferai tout mon mieux pour qu'on puisse se voir.

Il se retourna et continu le chemin, prenant un corridor qui lui mène chez sa mère.

Ps : Salimaha et son père

Après une journée de labeur, la jeune fille était de retour.

Comme son père l'attendais, elle n'avait pas le temps de faire quoique ce soit, et tout ça, pour une simple raison...

- c'est bon, tu es rentrée ! Cria le père de Salimaha, assis dans sa fauteuil sur la galerie.

- oui papa. Répondit-elle calmement

- aller, viens t'asseoir à côté de papa.

Elle avançait et s'assis sur une fauteuil à côté de lui. Ces fauteuils là, étaient de sa grand-mère qui les avait reçu en cadeau de Noël.

- dit moi ma fille, tu n'as jamais trouvé quelqu'un que tu aimes ? Pourquoi te ne m'a jamais parler ?

Elle regarda son père d'un œil fatiguée, prenant une petite minutes avant de répondre.

- si, papa. J'ai un petit ami et c'est donc avec lui que je veux faire toute ma vie.

- Et pourquoi tu ne m'a jamais dit que tu avais un copain ? Tu ne veux pas être amie de ton père, c'est ça ?

- papa je... Elle tourna les regards ailleurs et pensait à mettre fin a cette discussion. Je vais sortir papa, on parlera de ça une prochaine fois, D'accord ?

- C'est moi qui t'ai appelé, et.... Bon D'accord ! Va ! Jusqu'à présent je souhaite te donner des conseils si tu le veux ma chère fille. Plaignait-il.

- je suis certaine qu'on parlera de ce sujet et... Si possible, tu pourrais bien me conseiller.

Un peu gêner, le père se jeune fille fronça les sourcils, mais, ne puis rien ajouté. Du coup, elle se leva et se rendit tout droit vers sa chambre. Ses cheveux roux brillants qu'elle avait coiffée pour se rendre à l'hôpital, avait besoin un peu d'huile d'olive qu'elle utilisait chaque fois qu'elle se coiffait pour sortir ; d'ailleurs, pour ce grand rendez-vous ! Il en fallait une autre petite coiffure ; Avait-elle imaginée.

Quelques heures écoulées, l'aube pliait déjà sous l'horizon, caressé par la lueur du faible clarté au couleur mauve trempé par le ciel fabuleux.

Il était entrain de regarder un match de football, du moment où il allait se rappeler qu'il avait à se préparer pour la rencontre de ce soir, l'écran allumé, il quitta le canapé où il s'étirait les jambes. Il traversa dans la douche, décrocha son serviette de bain, poursuivant son objectif.

Après une dizaines de minutes, il courra vers sa mère et lui demande de lui préparer un bon repas. Il voulut faire comme s'il avait entendu les phrases du père de sa copine et qu'il avait certitude que tout serait un paquets de succès.

Du pommes, des raisins, un pizza fait de maison, du poulet et de la frites ; sa mère n'avais pas encore la moindre idée de ses préparations, mais tout ce qu'elle savait, c'est que tout ça était sujet du dîner comme par habitude.

De là étant, il pensait à son père, mais ce pendant, il ne pouvait guère nier ce rendez-vous.

Et Hélène de coté, plaignait par des soupirs qu'elle relâcha de temps en temps, elle était sûr que son fils lui cachait quelque chose de bien plus important que ça, mais, ne voulait pas l'embêter.

- nous avons une invitée pour cette après-midi maman, quand elle sera arrivée promet moi de rester sage, D'accord ?

Hélène compris que tout ça avait quelque derrière, mais, ne réponds pas.

Quelques minutes écoulées, Salimaha était déjà présente. Dans sa robe bleu plein de fleurs jaune, elle était assise à bord de la table et souriait tranquillement.

Tout étaient arrangés comme l'on pouvait décrire, les fourchettes, les couteaux et les assiettes, comme dans un vrai restaurant. Tout le monde assoyaient comme en première, les décorations faites par Danylan, les autres préparations faites par sa mère foudroyaient les regards.

- attendez moi, je revient dans une minute. Danylan se sentait un peu paniqué et avait besoin d'aller se dégager dans les toilettes.

Durant ce temps là, la scène continuait avec la mère de Danylan qui voulez en quelque sorte opposée, mais.. Cela ne revenait toujours pas à elle.

- dit moi donc, serais-tu prêt à épouser mon fils s'il te demandait en mariage ? Je ne peux pas nier un choix que mon fils a faites mais... Je suis convaincue que je pourrais tout brisé si le choix ne me convient pas.

- et si je te disais que... Oui, je serai prête ? Il n'y a aucun soucis si tu ne m'aimes pour ton...

- non ! Ce n'est pas de toi dont je voulait parler, tu vois ! Même si je ne te connais pas vraiment, mais.. Je vois que tu es une fille sage et très intelligente, vois-tu ?

Mais... maman ! Pourquoi autant de questions ? Cria le jeune garçon qui reprit sa place subitement.

- ne soit pas optimiste mon fils ! Ce n'est pas des questions trop lourdes, tu vois ?

- alors là j'ai une très grande surprise pour ce soir, et c'était à moi de poser la première question. Reprit Danylan, Salimaha retourna les regards vers lui, comme il était assis à côté d'elle, elle était inquiète, mais avait hâte de savoir ce qu'il y avait par derrière cette surprise.

Danylan glissa sa main droite dans sa poche et tira la petite boite de son secret.

Et voilà ! Il s'agit de quelque chose très précieuse que je voudrais offrir à ma chère amoureuse dont je rêve tout les nuits de ma vie.

Cela fait des années que Salimaha n'avais reçu aucun cadeau de n'importe qui, mais celui-là, pour elle, c'était comme un piège qui lui venait tout droit à la main et ne savait quoi réfléchir pour pouvoir refusé à cet offre.

- c'est quoi ce machin ! Cria Hélène, toute furieuse. Ne me dit pas que....

- Oui maman, répondit-il à sa mère. Je veux faire en sorte que ce soir même prenant cette occasion, de pouvoir fiancée avec ma femme. Répondit-il.

Est-ce que tu es prête a pouvoir épouser celui qui a tant attendu ce moment pour te demander en mariage ? Veux-tu m'épouser ma chère Salim ? Interrogea t-il à la jeune fille qui était devenue insoluble par devant cette occasion inattendue.

- ne sois pas stupide mon fils ! As-tu oublié qu'il est important de réunir les deux familles ?

- non maman, on est déjà réuni, et il n'y a pas plus que moi et Salim qui décide de notre destin. Reprit Danylan ; il quitta sa place et se mette à genoux pour pouvoir se montrer fort dévoué à qu'il voulait réalisé dans sa vie.

- je... Euh... Oui ! Je veux bien. Répondit t-elle toute souriante.

Danylan ajouta la bague dans les doigts de sa fiancée : Ce soir, je te considère comme étant ma chère fiancée et dans les jours à venir nous nous marierons, répliqua Danylan qui fixa sa copine qui avait l'air tellement joyeuse, qu'elle saisissait son homme dans ses bras et pleura...

✳

Hélène avait un peu de peine en voyant que son fils avait choisi de faire tout ça sans réunir les deux familles, ce qu'elle n'avait pas imaginée, mieux vaut se montrer autoritaire que de se laisser faire piétiné par des phrases immorales et de se faire couvrir par la honte.

Ils continuaient leur repas et se bavardaient aisément. Au moindre coup de rappelle, Hélène lâcha sa fourchette, comme si elle avait été déjà en colère contre quelqu'un.

- et maintenant... Tu vas me dire ce qui s'était passé au téléphone durant la matinée mon fils ? Es-tu prêt à regarder ta mère mourante à cause des choses cachés et qui ne le devrait pas être ?

De là, le visage de Danylan avait changé de couleur, et du même moment, tout était devenu noir et assombrit.

La nouvelle s'éclate

La ville avait connue pas mal d'histoires qui se terminent en enfer, et celui-là, ce n'était peut-être pas la dernière à pouvoir passer au grimoire, mais, celle qui allait touché le cœur de certains villageois et leurs en donné une bonne leçon.

Danylan se sentit satisfait de ce qu'il avait choisi de faire de sa copine une fiancée, mais, ce n'était que le commencement de cette histoire. Comme il avait parlé avec son ami, lui, qui était prêt à donner sa part de concours afin de pouvoir libéré le père de son ami. Sa mère et son père ne pouvaient pas accepter de dépensé leur argent juste par simple geste, mais lui, il était prêt à emprunter pour aider son ami à ne pas manquer l'occasion dangereuse qui se présentait devant lui.

Durant la même nuit du fiançailles de Danylan, la parole fut percée les tympans de sa fiancée ; il savait d'ailleurs, qu'il avait tort de pouvoir faire cela dans le noir, et par delà, il se demandait justement : que vont imaginé les parents de ma fiancée ? Je sais que j'ai tort en faisant cela mais... Je vais essayer de tenir ça confidentiel durant quelques temps, après avoir résoudre le problème de mon père, je parlerai à sa mère et à son père, comme ça, on pourra très vite nous marier. Avait-il conçu en foudroyant les regards vers sa mère qui avait eu une tension après ce moment inattendu.

Le problème qu'il confrontait à cause de son père qui était entre les mains des ravisseurs ne lui à fait que se montrer fort dans les mauvaises situations.

Il était déjà 8 heures du matin, heure d'horloge, Danylan réfléchissait à ce qui pourrait y arrivé à son père, mais à ce moment-là, Toc ! Toc ! quelqu'un était venu frappé à la porte. Il se dressa, s'étira et se leva rapidement, mais Hélène était déjà arrivé pour recevoir la personne.

-Bonjour madame ! Lança le jeune homme qui sourit froidement.

-bonjour petit, tout va bien ? Danylan avait sûr que c'était bien son ami, sa voix lui marquait les instants d'enfance qu'ils avaient eu à l'école, tant que les moments qu'ils passaient chez eux à jouer au Playstation et au football. Le père de Danylan était toujours un peu furieux, parfois il le laisse partir et certaines fois c'était comme s'il vivait dans une prison.

-oui, très bien. J'ai une très bonne nouvelle pour vous. On dirait que la chance vous est tomber dessus. Ajouta-il tout souriant.

-ah oui ! Alors, rentre !

Un verre d'eau ?lui demanda la mère de Danylan qui s'y attendait à quelque chose de spécial, elle songea qu'il lui avait déjà fait savoir quelque chose qu'elle y attendait il y a très longtemps de cela..

-mais non madame ! Ne vous inquiétez surtout pas.

-ah ! Salut mon pote ! Tu as trouvé de l'argent ? C'est ça ? Interrogea Danylan qui d'un seul instant, fut remplis d'inquiétude.

- non, mais... Bien sûr que non ! C'est...

- aller fiston, dis nous. Reprit Hélène qui s'assied sur un canapé du salon. Assieds-toi et raconte !

- on a retrouvé les traces de ton mari, d'après une certaines informations, l'inspecteur avait organisé une embuscade, et... votre mari est en route sain et sauf.

- ça ! Tu crois ? Lui demanda curieusement Hélène.

- je suis sûr de ce que je dis. J'ai rencontré un fils de l'inspecteur, et il m'a raconté une certaines choses qui ont attirer mon attention, particulièrement... Ça. Raconta t-il.

- on dirait que mes fiançailles ont apporté du fruit ! Lança Danylan. Aller, viens avec moi. Pendant que mon père retourne à la maison, je vais chez ma future épouse pour lui parler.

- ne me dit pas que.... Plaignait Hélène, qui soupira. Bon, d'accord ! Moi, j'attendrai la venu de ton père, mais cependant, je vais voir si je pouvais cuisiner quelque chose en attendant qu'il vienne ; il pourrait bien avoir faim.

Souvent, la vie se mêle comme si quelqu'un en voulait donner sa part de collaboration ; même si Danylan ignorait un peu l'histoire de cet argent, il avait toujours une main qui décide de certaines choses qu'il m'étais à l'ignorance et la chance... Parfois, c'est notre destiné.

Danylan ne pouvait pas y croire, tellement de différentes difficultés, il arrive parfois à oublier certaines histoires dont il devait porter préjudice. Son ami, lui il avait toujours une part de sagesse et de bonne cœur pour les autres, mais parfois, les démons ont de la capacité de nous changer même si on ne l'a jamais voulue.

Il avait quelques sou qu'il emporta avec lui, car la distance est un peu longue, et à chaque fois qu'il prenait la route à pieds, il avait toujours des idées qui lui venait tapoter à l'esprit ; comme par exemple : ce serait mieux de me faire acheter une motocyclette, ça pourrait tout aussi bien lever la dignité de ma famille, car ils s'en moquent parce que j'ai même pas un vélo, mais je m'en fou moi. Mais ce jour-là, il était accompagné de son ami et il ne voulait pas que lui faire empilé ses fatigues.

Son ami Rolex, était très heureux de l'accompagner chez sa copine ou même sa fiancée également.

Ils prirent la route ensemble et faisaient quelques plaisanteries avant qu'un taxi s'appuie à côté du trottoir et montent.

- cela me ferait autant de plaisir mon pote, de voir le vrai visage de ta....

- fiancée. Lança Danylan, il aimait Salimaha comme s'il avait tomber amoureux pour la première fois, malgré certaines indifférences, il voulait vivre avec elle comme deux vraisemblable amoureux qui s'aiment et qui s'attache pour ne jamais se détachés.

- tu sais mon vieil ami, j'ai réussi à lui demander la main, et même si ses parents s'en prennent contre moi, je m'en fou car on est déjà des fiancées.

- ah ! Tu l'as vraiment fait ? Je croyais que tu invitais ses parents ? Même sa mère peut-être ?

- non je... Avança t-il, il se sentait un peu coupable, mais, n'est pas toujours de ce genre à faire marche arrière.

- c'est une erreur mon ami, il faut que tu arrives à la corriger, sinon... Tu pourrais y avoir de grosses problèmes. Répondit Rolex qui avait l'air pas très content.

- ne t'inquiètes pas pour ça mon pote, j'y arriverai à les convaincre. Répondit Danylan qui avait l'air très confiant et très sûr de sa décision.

- tu crois ? Reprit le jeune homme curieusement.

- si mon ami ! N'en parlons plus de ça, on est déjà presque arrivé, on se calme.

La voiture s'accrocha sur le bords du trottoir, puis Danylan enfila les sou dans les mains du chauffeur qui ne tardait pas à démarré et laisser les deux amis continuent leur aventure.

«_Tentation_»

D'esprit, comme à l'âme, le jeune amoureux reconnaît d'avoir commis une erreur, mais celui-ci, avait quand bien même la marque de quelque bienfaisante.

De l'autre côté, Salimaha avait une partie d'elle qui lui offrait sans doute la raison, celle d'y croire qu'être fiancée dans le secret c'était... Plutôt une charge, mais elle résistait et finir par accepter que l'amour était bien plus fort que tout au monde.

"Finissons-en ma petite sœur, tu ne sais pas où est mon livre, c'est fini ! " derrière les murs, on entendait les deux sœurs qui se disputaient à cause d'un livre médecine qui se basait purement sur la chirurgie médicale. C'était un livre que Salimaha avait eu en cadeau après ses études des sciences infirmières par une de ses camarades qui l'appréciait pour ses qualités, ses dénouement pour la médecine. Ce n'était pas trop différent pour elle, même si elle avait choisit les sciences infirmières, mais elle adorait vivement la médecine sans pouvoir mettre ses capacités dans l'indifférence des sciences.

-c'est bien sa voix, tu l'as entendu ? Dit-il.

-bien sûr mon ami. Répondit Rolex.

Clap ! (Porte qui s'ouvre.)

-Eh ! Voilà qui est là. Je... Euh.. Je ne pensais pas vous trouvé devant la porte ! Ma sœur est là. Rentre ! La petite sœur de Salimaha allait quitté la maison pour aller faire quelques achats pour leur mère, elle était la première à les accueillir par un chaleureux sourire.

"Il faut dire que mon père est à l'intérieur alors.. Il faut bien faire attention." lança Ganaël, qui appréciais déjà l'ami de son beau-frère.

-asseyez vous messieurs. Reprit Ganaël qui sourit froidement.

-Mercie ! Mercie beaucoup. Répondit Rolex, il était gentil en son genre, mais il n'avais pas encore de petite amie pour se faire du projet de couple. Il ouvrit grandement les yeux pour regarder la sœur de Salimaha qui soudainement, allait tout simplement leur dire au revoir.

- waouh ! Tu es gentille toi ! Ne vous faites pas de soucis, ma sœur arrive dans une minute. Moi, je vais dans les coins pour faire quelques achats pour ma mère, je revient ! Elle faisait des regards sombres et perçantes vers Rolex, qui lui, ne semblait pas trop compris ou peut-être pas trop intéressé par Ganaël.

Après quelques secondes, Salimaha sortit de l'intérieur de la maison, leur rejoignant sur la galerie avec un chaleureux sourire.

- la voilà mon ami ! C'est ma future conjointe. Chuchota Danylan avec son ami.

- wow ! Elle est magnifique ! Je ne l'ai jamais rencontré nulle part...

Les yeux de Rolex ne sortaient point, Salimaha portait une robe bleu roi qui lui tenait plus sexy qu'elle n'avais jamais été. Il était vite séduit par la beauté esthétique de la fiancée de son ami, et son comportement devenait flou comme s'il n'avais jamais connu son ami.

Salimaha, salua les jeune gens et s'asseyait sur Danylan qui avait le sentiment de se sentir homme pour une fois, par devant son ami, il était fier de lui et fesait de petites signes à son ami qui faisait semblent d'être bien heureux pour eux.

- je crois que... Je dois m'en aller, j'ai des trucs à faire. Danylan ne pouvait pas comprendre ce qui se passait, il insistait pour ne pas pouvoir laisser partir son ami.

Mais... On est à peine arrivé ! En plus, nous allons faire un petit tour chez mon oncle, je croyais que tu m'accompagnerais là où j'irai aujourd'hui ! Cela fait un bon temps qu'on ne s'est pas promener comme les vrais amis du bon vieux temps. Ajouta Danylan qui serre la ceinture de sa fiancée assise comme s'il portait un bébé sur ses jambes.

- je suis désolé frangin, c'est juste que.. J'ai besoin de prendre un peu d'air.

Rolex pris la barrière et sortit sans rien y ajouter, cependant, Salimaha se leva de suite et ajouta : je ne pense pas que ton ami est timide ! Il a peut-être quelque chose qui ne va pas Dan, pourquoi tu ne va pas lui demander ce qu'il a ? Bah s'il n'est pas déjà parti !

Danylan réfléchit un moment, il se souvient quand il étaient petits, ils passaient leur vacances ensemble, mais, il y avait des choses plus concrète à gérer en ce moment, avait-il réfléchit.

Rolex, sortit après avoir demander de partir, il avait la sensation qu'une chose lui était tombé dessus, comme une voile fantôme qui couvrit tout à coup son visage. Accablé, mal à l'aise, il avait presque du mal à se reprendre et à comprendre comment pourrait-il devenir l'ennemi de la relation de son ami à qui il partageait autant de respect. Parfois, ils fuyaient les travaux de leur parents, jouaient au Ping-pong quand ils avaient de la paresse pour leurs études.

Devant la barrière colorée en crème, certaines couleur qui se reflétait comme leurs anciennes uniforme quand ils étaient tout les des dans la même école. Il était assis sur une grosse pierre que l'on utilisait comme un point de repère de la famille d'Oswald. Calme comme les roseaux dans les rares marées, il avait les mains sous les joues, plus sur ses des jambes et réfléchissait ce qui s'était passé pour pouvoir trouvé l'esprit clair et savoir s'il pouvait rejoindre son ami à l'intérieur, il fini par comprendre que ce n'était pas si naturel que ça et qu'il avait tort de fuir d'aussi vite.

Un démon! Il y a un démon! Cria les jeune garçon qui s'éveilla de son imagination.

Ah oui," les démons ont l'horreur des bonnes cœurs, mais ils se tiennent toujours au victime de riposter. "

- Quelque chose ne va pas? Lui interrogea Ganaël qui ayant entendu son cri s'approcha vers lui. Elle était intéressée de ce jeune homme qu'elle n'avais vu que pour la première fois, par contre, pour Ganaël, il n'y avait pas d'hier pour demain ; cela veut dire entre autre, que peut importe qui cela pourrait être, l'amour c'est comme un coup d'éclair qui nous emmène comme un soupir qui s'en va et fond dans l'atmosphère.

- c'est rien ! Ne vous en faites pas, je vais bien. Répondit-il en essuyant l'arrière de son jean bleu qui avait pris une couche de poussière sur la pierre qui avait la forme d'un rectangle.

- qu'est-ce qui se passe Rolex ? Qu'est ce qui t'a pris enfin. Lança Danylan, furieux et inquiet.

- je suis désolé mon ami, j'avais simplement un mal de tête, je crois que je me sens mieux maintenant.

- on rentre ! Alors. Reprit Danylan.

Rien que deux cœurs qui s'aiment

Le moment enfin venu pour Danylan, une fois de plus, il était question de faire voir le soleil se lever sur cet amour, d'agir comme un vrai gentleman et de sortir de son trou.

Il savait qu'une personne comme son père en faisait autrement, depuis le jour où son cœur palpitait pour la fille du couturière, il devait avoir une mise en question : qu'en est-il de ses parents ? Même si cela demandait autant de courage, il fallait se faire affirmé et continué s'il était toujours possible.

Il avait peur qu'on lui jettent de mauvais regard, se moquer de lui à cause de son rang social.

Sa mère, était simplement ouvrière de choix, cela veut dire qu'elle travaillait pour certaines personnes, mais parfois, elle vendait des habits et quelques bijoux pour payer l'école de son fils, et son père, travaillait sur la mécanique, mais, ce n'était jamais facile pour lui.

Il fallait trouvé un moyen pour sortir de la noirceur, et Danylan a voulu choisir de le faire juste après avoir su que son père allait rentré à la maison après avoir été capturé par des bandes armées.

Pour lui, la seule et unique option était de faire fleurir cette relation en passant par une très belle cérémonie nuptial, mais... de grâce ! Tout n'était pas encore sur mesure ; Se marier et se tiennent à tout prix, n'était qu'un projet sans balance qui était rédigé sur un mur de papier, mais finalement, il allait surtout retrouvé son embonpoint.

-j'ai besoin de parler à ton père et à toute la famille si me le permet. Avait-il relâché calmement ; il serrait ses mains, et son visage avait la couleur d'un homme qui avait sûr de lui.

Comprenant qu'il allait lui coûter beaucoup pour pouvoir réaliser son souhait, ce n'était pas pour lui à la fin de la foire pour compter les bouses.

Salimaha, étonnée de pouvoir ressentir que cela était du sérieux, haussa les sourcils en lui faisant un signe de tête.

- bon.... Euh... Tu penses que c'est une bonne idée ? Lui interrogea t-elle.

Elle comprenait que son futur époux avait besoin de bien remplir son devoir, mais se vouer à ce grand défi, cela demandait une très profonde réflexion.

Salisca était au fond de la maison, comme toujours, elle travaillait sur certaines conceptions pour agrandir son shop de nouveaux habits aux tissus rares faites de maison.

Elle survint quand elle avait entendu les adolescents qui murmuraient sur la galerie.

" je suis prêt pour révélé notre amour à toutes nos familles, d'ailleurs, c'est comme si nous vivions une vie qui n'existe pas quand notre amour perd dans l'ombre. Il faut qu'on cesse de peser notre amour, et, tu sais quoi, je suis convaincu que ton père arrivera à comprendre ce que nous avons à lui dire et le reste aussi. Il tenait les mains de sa fiancée qui était debout devant lui, elle arriva sûrement à comprendre, mais quand il s'agit de demande en mariage, c'était une très mauvaise idée d'après elle, mais, elle ne voulait pas se croiser devant la décision de son fiancé secret, mais elle avait estimée que le bon moment n'était pas encore été fixée.

- tu sais mon chou, je comprends et je ne peux pas nier ta position, mais tu ne penses pas qu'il ne serait pas plus préférable qu'on attend quelques jours avant de prendre cette décision ? Proposa la jeune fille d'un air inquiétée.

- pourquoi ? Parce que tu as peur ? Tu es majeur et tu peux choisir ce qui te plaît ! Il ne faut pas te faire trop de soucis, je le ferai moi-même. Salimaha regardait tout autour d'elle, et elle s'est rappelé que son fiancé secret lui avait fait une promesse, malgré tout, elle continuait à aimer son homme, elle avait elle aussi fait cette promesse en son cœur.

- hé ! Bah.. Vous êtes là ? Comment ça va Dany ? Et ta mère ? Est-ce que tout va bien maintenant? Interrogea Salisca qui arrivait à bout de souffle.

Tout va bien madame, ma mère se sent mieux maintenant et pour mon père, il a été enlevé et maintenant j'ai eu pas mal de bon nouvelle aujourd'hui..

Salisca savait ce qui était arrivé pour le père de son beau-fils, elle s'inquiétait un peu pour lui, et maintenant, elle s'ouvrit grandement les yeux étonnamment, car, elle s'avère que ces choses font si mal que n'importe quelle coup de la société.

- mais bon, j'ai quelque chose de très important à vous expliquer madame Salisca, mais... J'aurai besoin de votre mari aussi, si cela ne vous dérange pas !

- bien sûr que non mon enfant ! Au contraire cela me paraît bien respectif, attend moi un moment ; je vais appelé mon mari d'accord ?

- Mercie madame. Répondit-il.

Salimaha, pris son temps à mitiger la situation, s'asseyant à côté du jeune homme qui lui fixa tendrement les regards..

Salimaha consentit que le temps était enfin venu pour eux, mais elle refuse de le dire à son fiancé, elle imaginait à quoi elle pourrait également faire face après de longs discours familiales, heureusement, il n'y a que deux cœurs qui s'aiment.

Glop! Glop! Glop! Gribouilla les pas des parents qui arrivent, comme le bruit des pas d'un cheval perdu dans les montagnes.

" les enfants ! Cria Salisca depuis l'intérieur, vient dans le salon! c'est plus confortable et tout se passera dans le calme et le silence, ce serait mieux pour vous, approche ! " Danylan réfléchit un moment afin de déterminer quel serait les phrases à dire pour ne pas manquer le combat, il quitta la place où ils étaient assis et marcha à petit pas; Salimaha lui suivait avec un peu de panique, mais espère que tout se passera bien pour eux.

Danylan était confient et garde un peu de tranquillité dans ses pensées.

- tu crois que tu vas y arriver Dan? Lui demanda Salimaha

- ne t'en fais pas ma chérie, ont va bien s'en sortir.

Au premiers arrivés, Danylan sursauta, mais, se reprenait vite comme l'éclair. Hérold était assis sur un canapé et attendit celui à qui il aLait parlé.

Il fronça les sourcils et volé un court regard vers sa femme qui était assise en face de lui avec un doux sourire.

- alors, asseyez-vous mes enfants, nous avons hâte de découvrir ce qui cache derrière cette petite invitation, Ajouta Salisca.

D'un regard paniqué, Le jeune garçon avançait en s'appuyant sur le canapé. Ils se regardèrent tout les deux, s'asseyant l'une en face de l'autre.

- si je comprends bien, il y a quelque chose qui cloche entre vous deux, n'est-ce pas ? Questionna le père de Salimaha qui doute de cet instant, furtive et rougit.

- arrête chéri! Ce n'est pas à toi de dire quoi que ce soit, tu ne sais même pas de quoi s'agit-il. Il faut donc écouter ce que les enfants ont à nous dire, puis, après on pourra dire ce que nous pensons ! Maintenant, à vous les enfants ! Ne soyez pas de la panique, mettez vous à l'aise. Avait répondue Salisca qui mettait de l'eau au vin brûlé.

Soupçon... Avait remarqué Salisca. Elle ouvrit grand les yeux, faisant un signe de tête à sa fille.

- bon, d'accord ! Laisse moi commencer l'audience. Ce qu'il y a c'est que... Papa, cet homme que tu vois ici devant toi aujourd'hui c'est... Mon copain et il s'appelle Danylan, Voilà !

Hérold fût dans le grand étonnement quand il entendit ces paroles venant de sa fille, celle qu'il aimait malgré qu'il avait aussi de forte amour pour la cadette, mais à ce moment-là, C'était coup dur pour lui par ces phrases.

Il réfléchi seulement un instant, faisant des regards de droite vers la gauche, mais, Danylan était impatient de pouvoir connaître les réponses aux côtés des parents de sa fiancée, calme, mais... Il surgit.

- je m'excuse chers parents de Salim, je suis venu chez vous afin de pouvoir mettre ce qui existe entre moi et Salimaha clair devant vous, alors, j'aime votre fille et je voudrais également faire tout ce qui dépend de moi pour pouvoir épouser votre fille. Je vous demande bien cordialement de pouvoir me donner la main de votre fille. Avait ajouté Danylan, qui parlait d'une profonde sincérité.

- Est-ce que vous êtes sérieux là ? Je ne comprends pas très clairement, et ensuite, je voudrais bien savoir qui vous êtes pour être aujourd'hui là, chez moi, me disant que vous êtes amoureux de ma fille. Explique. Murmure Hérold.

- et bien.. Je suis Danylan, je vis pas trop loin d'ici, je suis le fils naturel de Dany Colas et de Hélène Merveille, j'ai terminé mes études classiques et maintenant je...

- il est mécanicien comme son père ! Avait ajouté Salimaha. Un peu soucieuse, elle n'avait pas voulu laisser son amour dans le combat tout seul, pour cela, elle intervint avec un sourire calme et naturel.

Le débat continuait à ouvrir certaines questions pour le jeune homme qui cherche un vrai réponse à la situation, mais, le père de Salimaha s'en était imposé, d'ailleurs, il espérait un homme de haut niveau de la Société, quelqu'un qui pourrait conduire sa fille au travail dans une voiture de classe et qui avait des fonds pour bâtir une maison pour sa fille et travaillait chaque jour pour satisfaire à ses besoins.

- je ne peux pas dire à ma fille de faire tel ou tel choix, mais tout ce que je sais c'est que l'amour n'est pas quelque chose à apprendre, mais à vivre ; cela veut dire que moi étant que mère, je ne veux pas que ma fille soit tombé entre de mauvaises mains, mais je connais bien ce garçon, je n'ai aucune raison d'opposer. Marmonna Salisca.

- maman, je suis très heureuse comme je suis et avec Danylan, je suis comme une reine, mes sentiments pour lui me surpasse.

- je suis désolée ma fille mais, je ne pense pas que c'est une bonne idée. Relâcha Hérold qui abandonna la pièce après ces phrases blessantes qui trôna le cœur de Danylan, mortifié par les regards profanes de celui-ci.

- écoute moi bien vous deux, je ne sais pas à quel point que vous vous aimez tout les deux, mais je dois vous dire qu'il n'y a que deux cœurs qui s'aiment, mon mari est sur le choc, donne moi quelques jours pour lui parler, car vous savez, il est dur sur ce point. Danylan avait l'air d'un homme fort indigné, il se leva et s'en alla après les terrible discours de Compère.

Quelques minutes plus tard, Danylan appela sa femme aimé, puis se rencontrèrent tout de suite après.

Danylan se sentit perdu, mais il fallait qu'il sache ce que pensait sa copine.

Salimaha était toujours courageuse, et elle a voulue passer les guerres pour crée sa propre vie avec son copain.

- Tu sais mon amour, selon ton père, il y a un creux entre nous, cela fait apparaître un petit problème d'inégalité entre nous, ce n'est pas ce que j'ai voulu, mais... Ça fait mal.

- Problème d'inégalité ! Oh ! Ça j'en doute fort, mais je pense pouvoir y arrivée même si cela demande de faire le reste en secret, je respect ma famille ; mais en autre, je respect aussi notre amour. Murmure la jeune fille, qui se dite prêt pour affronter ces histoires.

- tu m'as tellement touché mon amour, avec tes yeux éblouis et tes cheveux grenats, je te considérerait comme mon épouse au rouge pomme du jardin ; comme les tulipes et des Iris qui s'assemblent pour refiétées au rayons pâle du lever du soleil... Répondit Danylan qui lui fixa tendrement; mais... Hélas! Je ne sais vraiment pas ce que je raconte.

- écoute moi Dan, tu va continuer à m'aimer comme moi aussi je continuerai à le faire, est-ce que tu m'entends!? Lui demanda t-elle, inquiétée par la circonstance.

Danylan ne répond point, il marchait calmement et s'en alla. Salimaha se sentit humiliée, elle se rendit compte que son père lui avait brisé le cœur et finalement, elle allait décidée de ce qu'elle pouvait faire pour ne pas se sentir coupable ou mal à l'aise.

"Tout commence par une phrase"

Après deux semaines de jours intensifiés, Danylan avait le cœur gris, comme la brume qui résiste à la pluie.

Il devait se rendre à Prolestern d'où son non communément appelé "La Navas" c'est une des Îles sous classées de la cartographie mondiale, d'où il a voulu aller faire quelques séjours pour pouvoir fuit la honte et la relation, malgré l'amour qu'il avait pour sa fiancée lui dépassait.

Son père, étant revenu à la maison, lui encourageait à pouvoir se rendre dans une école professionnelle pour apprendre l'électricité bâtiment afin d'avoir une profession pour se bât contre cette vie dure qui frappe tout le coin du pays, mais ce n'était pas son rêve. Il réfléchi, mais soudainement, il allait décrocher l'espoir par sa grande sœur qu'il n'avait jamais connu depuis son enfance.

Dans sa chambre, il préparait ses valises, faire ses bagages même si ses parents n'avaient donné aucun signal pour son départ. Son père Dany Colas, était assis sur une petite chaise faite des paillettes de bambous ; il pensait à tous ce qu'il avait eu dans le petit coin de ghettos où il avait passé quelques jours et quelques nuit sans la présence de sa famille. Danylan se calme un peu, approche par devant le miroir de sa chambre ; son visage était moins triste, mais son cœur avait du mal à suggéré une autre rencontre avec le père de sa fiancée, c'était, en revanche, un secret toujours cacher dans l'ombre. Hélène se faisait du soucis, car depuis, le visage de son fils avait une autre couleur.

Il était accablé de ce misère, peur de retourner là-bas comme s'il ne faisait plus partie de la vie de sa fiancée, pourtant, perplexe, il ne pouvait pas agir contre le père de sa vie, même si le temps écoulait comme le vent au passage ; il se disait qu'il y avait un jour pour repartir à l'aventure, mais toutefois, pas sans Salimaha. Laissant derrière tous ses jours d'attente, il se souvenait que sa belle-mère lui avait promis de lui donner une nouvelle et très bonne réponse, mais, personne ne lui avait raconter ou même lui dire quoi que ce soit, d'ailleurs, durant tous ses jours-là, il n'avait plus le contrôle de sa fiancée, même dans les coins de la rue, elle était toujours absente.

Comment vivre cette vie sans savoir si on va gagner ou pas ? Peut-être qu'il demande de se replier et de ne jamais osé aventurer une troisième fois ! Danylan respirait profondément l'odeur fade qui surgissait depuis sa fenêtre à vitre demi ouvert.

- Dany!! Cria Hélène. Elle avait ressentis ce froideur de son fils, elle connaît bien que son fils n'avait pas ce comportement quand il est de bon gré, mais là, il y avait du tourment, avait-elle réfléchit.

- Oui maman. Rétorqua Danylan, debout devant le miroir de sa coiffeuse.

- Ouvre-moi s'il te plaît, je voudrais te parler un instant.

- si c'est pour me parler du projet de cours, je réfléchis alors, ne te fait pas de soucis pour ça.

- non mon fils, ça n'a aucun rapport avec l'école, d'ailleurs j'ai déjà parler avec ta sœur et elle m'a dit qu'elle arrangerait tout.

- bien ! D'accord, j'arrive.

Il ouvrit la porte, et Hélène faufila en allant asseoir sur son lit habillé en mauves, couvert d'un drap qu'elle avait procurer de ses anciennes marchandises. Elle fixa un regard attentive vers un encadrement qui contenait une photo de la famille, elle, son mari et son petit fils quand il avait 3 ans; Danylan remarquait cette attitude touché par les yeux de sa mère s'approcha par devant la photo qui était installé sur son petit buffet en garnisons et de couleur marron pâle.

- j'ai bien peur que cet enfant ne puisse pas être un homme qui éprouve autant de courage aujourd'hui. Cet enfant dont personne ne peut plus voir de leurs yeux, Parce-que ces parents n'ont pas pu lui donner la force pour surmonté les épreuves d'aujourd'hui.

Hélène avait un courant d'air frémissant qui traversa tout son corps, elle rit et pleura.

- je suis désolée mon fils. Répondit-elle. Elle passa les mains pour essuyer ses larmes, mais en vain.

- j'espère que toi et papa vous n'allez pas vous en faire trop pour moi.

- pourquoi tu dis ça fiston ? Qu'est-ce que tu compte faire ? Tu devrais être heureux en sachant que tu seras bientôt un homme que tout le monde pourra donner tout les valeurs que nous nous avions perdu. Même si nous ne sommes pas riche, mais nous avons fait tout ce que nous pouvons pour te rendre heureux.

- je sais maman, je sais. Mais, par devant le père de cette fille, je sais pas si j'aurais la force de trouver ce bonheur, celui que j'attendais de ma fiancée et qui s'est fait foiré aujourd'hui.

- du calme mon fils. C'est pour ça que je suis venu vers toi, pour savoir comment trouver une issue positive à ce point, d'ailleurs, j'apprécie une partie d'elle, mais tu sais, il te faut quelque chose d'autres à présent, un très bon métier. Peut-être que s'il serait possible tu pourras retrouver cette fille, mais il y a autant de filles qui puissent être une bonne femme pour toi. Tout ce que je veux, c'est de te voir sourire et vivre dans le calme.

- non maman. Parlant de métier je suis d'accord avec toi, mais tu ne connais pas cette fille, je peux pas pensé à d'autres filles même pour une fraction de seconde, parce que je l'aime et je préférais vivre seul dans un autre monde, tu m'entend ! Réplique Danylan qui s'approcha vers sa mère, la fixant tout droit dans les yeux.

- du calme fiston. Je comprends ce que tu ressens mais...

- tu te rappelles quand tu avais de la fièvre, je te disait que quelqu'un m'avais donné des pilules pour te donner, donc, c'était de cette fille maman, elle est une infirmière, je ne pense pas que tu penses réagir autrement ? Elle fait du soucis pour les gens, elle n'est pas comme les autres maman, tu te rends compte ! Ajoute-t-il avec un ton plus ou moins compréhensible. Tu vois maman ! Tout commence par une phrase, mais, la fin se paie par les actes. Hélène regarde son fils d'un air paniqué, elle baissa la tête, réfléchit et soupira.

- Donc maman, je voudrais juste que tu saches que sans Salim je ne peux pas résider dans cette région, encore moins dans ce pays, alors, je m'excuse mais, je partirai pour quelques jours loin d'ici.

- tu vas faire quoi? Mais tu ne peux pas partir ainsi mon fils ! Et pour l'école ? tu feras quoi avec ? Étonnamment Hélène se leva, dans son pantalon noir, ses bottes noires qu'elle avait acheté d'une de ses clients qui lui vendait certaines fois des chaussures qu'elle utilisait uniquement pour elle. Elle avait aussi un corsage vert qui décrivait en sorte, la nature.

- il n'y aura aucun problème avec ça maman, il y a des écoles un peu partout dans le monde cela ne va rien changer tu comprend ! Quand je serai là où je vais, je parlerai avec ma sœur et je suis sûr qu'elle me comprendra. Ajoute-t-il d'une voix basse et consolante.

- et pour ton père ? Tu vas lui dire quoi? Tu penses que c'est vraiment une bonne idée mon fils ? Hélène compris que c'était comme un fardeau qui pesait lourdement sur son fils, ainsi, elle relâcha un pauvre sourire et parla d'une tristesse. Même si je te donne feu vert de partir, mais qui t'accompagnera? Tu ne peux pas aller dans un endroit où personne ne te connais pas, ce serait mal réfléchi, tu comprend? Reprit-elle d'un rire pincé.

- euh... Pour ça.. Je crois que j'ai un ami de vieille date là-bas, il s'appelle Christophe et il est très sympa, j'irai chez lui et après cela je travaillerai pour affronter la vie dans une autre maison.

- hélas ! Je te comprend mon fils, si c'est ça que tu veux alors, fait le! Mais... Pour le geste je ne savais pas, pourquoi tu ne m'avais pas dit que les médicaments provenaient de ta copine ? C'est une erreur à réparer et d'ailleurs je dois la remercier, et pour cela, j'irai chez elle et toute seule. Dit Hélène de sa voix fine et modulée.

- je suis désolée maman, je croyais que ce n'était pas trop important. Répondit-il à sa mère, aisée par cette circonstance.

- bon, il n'y a aucun problème ! Je vais plutôt parler à ton père, sur ceux, je pense pouvoir y arrivée à le convaincre. Je voudrais que tu sois en paix mon fils, c'est la raison pour laquelle je ne voulais pas que tu rentres à l'Oméga, d'ailleurs, c'est bien plus dangereux aujourd'hui, pour moi, la police n'est pas un bonne option pour toi mon fils.

- oui maman, j'ai tout fais foiré à cause le grand banditisme, mais ne t'inquiète pas, tout ira bien à la Navas.

Danylan avait le visage fatigué, il avait pris presque toute la soirée à réfléchir au lendemain, ses yeux avaient connus ce moment troublé. Il scruta tout autour de lui pour voir si rien ne lui manquait à apporter dans ses bagages.

- je n'espère pas que tu pars aujourd'hui même ! Hum ! Exclama sa mère.

Dan pensait déjà à porter une simple précisons à sa maman, il fallait bien planifier son voyage pour qu'il ne puisse porter préjudice à ses parents.

- bien sûr que non ! Le départ c'est pour demain à 22 heures du matin, j'irai en bateau.

- c'est dangereux mon enfant, mais écoute, je t'avais acheté quelques habits neufs, je pense que tu iras en bazac, comme un mannequin ! Lui annonça t-elle.

Hélène paraissait heureuse pour son fils après tout et afficha un large sourire.

- je vais préparer le petit déjeuner, tu viens me donner un coup de main ? Ton père est aller voir le commissaire et il reviendra dans quelques heures.

- d'accord maman, mais je dois terminé avec tout ça. Réplique t-il.

- très bien, je te laisse finir.

Hélène fit un court soupir et quitta tardivement la chambre de son fils, elle s'amusait à regarder les dessins que son fils avait plaqué dans les murs, ainsi que des photos de la famille qui y était accrochées.

Danylan se vida sur le lit et pour repensé à son voyage, il était confus comme à ceux qui part sans dire au revoir, pourquoi pas envoyer un petit texto à Salim? Peut-être, comme prévoyant, ce ne serait pas plus difficile juste en faisant passer le message par Rolex ! Ce n'est pas du tout facile qu'il venait sans qu'il y est quelque chose de certain à se dire. Le jeune homme se releva et se rendit dans la cuisine comme sa mère lui avait demander.

- maman ! Je... Cria-t-il en approchant calmement vers l'entrée.

- je suis là fiston. Coupa Hélène.

- je voudrais bien t'aider mais j'ai eu une idée et ça me panique un peu.

Il ne voulait pas que tout se reviennent contre lui, il a voulu le faire juste parce qu'il voulait qu'elle sache qu'ils n'allaient plus se voir, même par accident.

- et c'est quoi cette idée ? Tiens, prends ce couteau et arrache moi ces carottes et ces pommes de terre, cela ne prendra pas beaucoup de temps. Ajouta Hélène qui transpire sous la chaleur de la marmite dans laquelle elle faisait bouillir quelques légumes pour préparer un bouillon de poulet, c'était l'une des préférés de la famille.

- et bien... Je pense parler à Salimaha une dernière fois, Hélène fronça les sourcils. Tout simplement pour lui dire un dernier mot. Avoue Danylan en faisant couper les pommes de terre sans penser à se plaindre ; il aimait toujours accompagné sa mère quand elle cuisinait et cela lui rappelait son enfance avec elle.

- pourquoi pas essayer de l'appeler de préférence. Suggéra Hélène qui se mettait en bon milieu de la situation.

- j'ai pensé, mais je souhaite plutôt la voir en face, voir ses yeux éblouis au fond des miens. Et puis, fuir sans se montrer fort est une lâcheté maman. Plaignait-il à sa mère. Elle sentait cette forte émotion qui traversa l'âme de son fils, elle frémit.

Toc toc !

- mais qui est-ce ? Cria Hélène d'une voix forte.

- ah ! Ne t'inquiète pas maman, je vais voir qui est-ce. Ajouta Danylan.

Il sortit de la cuisine, avança à la porte, puis l'ouvrit.

- bonjour mon ami ! Je croyais que tu étais parti depuis tout ses jours passés. Cria Rolex qui lui fit un câlin.

- bien sûr ! Je suis sur le départ, mais c'est pour demain. Lui répondit Danylan qui claqua la porte. Aller, viens ! On va parler dans le salon.

- demain tu dis ! Exclama Rolex. Ça alors ! Mec !

- mais oui ! D'ailleurs, je devais partir aujourd'hui même.

- je le savais. Ouais, c'est ça ! Tu t'en fou de tout.

- Dany ! Cria Hélène. Est-ce que c'est ton père ?

- non maman, c'est Rolex !

- d'accord, je n'avais pas pensée. Ajouta t-elle.

Rolex regarda son ami avec un triste visage, car lui il savait déjà pour Salimaha et cela lui avait blésé étant que fiancée de son ami.

- bien sûr que non Rolex ! Je m'en fou de rien ! Ajouta Danylan d'un air défensif.

- si ! Sinon tu le saura déjà.

- quoi ? Mais je ne comprends rien de ce que tu dis.

- ta fiancée. Elle a eu un accident de voiture, je suis désolé.

Danylan fixa Rolex d'un regard froncé, il blêmit et lâcha un rire jaune.

L'amour est une tâche qu'on en droit à tout ceux qui nous ont aimés.

Après avoir entendu ce nouvelle, Danylan avait décidé de renvoyer son voyage pour la Navas à quelques jours de retards. Son cœur, brisé par la circonstance, lui avait promulgué un effet charismatique de toutes ses longues histoires.

Hélène se sentit touchée par ce qui était arrivé à sa belle-fille, auparavant, elle préférait voir son fils dans les bras d'une autre, mais maintenant, elle comprenait que ce n'était pas à elle de décider au destin de son fils.

- Danylan mon fils, il est déjà 8 heures, nous devons être à l'hôpital aussitôt que possible, même si son père comme tu me l'a raconter ne veut pas de toi pour sa fille mais.. Je t'accompagnerai étant que mère responsable, tu veux ? . Proposa Hélène.

- oui, bien sûr ! la situation est grave maman, je ne pense pas qu'il reviendra sur tout ça. Et, tu sais, j'ai l'impression de saigner à l'intérieur de moi, elle me manque tellement. Plaignit Danylan. Il prenait son petit déjeuner qu'il abandonna tout à coup.

- on va prendre une petite camionnette, tu te rappelle l'adresse ? Demanda Hélène qui faisait la mine soucieuse et plia sa petite valise à la main.

- Camejo. Rétorqua Danylan. Il avait l'air très malheureux, et ses yeux avaient perdus leurs bonne couleur, envi de pleurer ! Mais il s'efforce à garder ses larmes pour ne pas se montrer trop faible à la situation.

- je sais combien tu es affecté mon fils, mais je pense qu'elle sera heureuse de te voir, il ne faut pas t'inquiéter. Oh ! J'ai parlé avec ton père et il est d'accord pour ton voyage.

- très bien maman ! Mais tu sais...

- oui mon fils, je sais très bien. Allons-y !

Ils étaient carrément très motivés pour pouvoir réaliser cette visite, même si toutefois, Danylan lui, pensait que le comportement du père de sa fiancée, pourrait-être une déception, mais il se mettait fort comme un grand homme afin de gérer la situation si ça tournait d'une autre manière.

Ils prirent un taxi et s'en allèrent. Delà étant, son ami lui avait sûrement encourager de pouvoir rester jusqu'à la rétablissement de sa fiancée, de ce fait, il réfléchissait longuement comme s'il n'avait jamais eu de contrariétés.

Arrivé à l'hôpital, ils descendirent de la voiture, traversèrent à l'autre bords de la rue, puis ils passèrent au grand barrière qui restait toujours ouverte à la fuse-horaire du fonctionnement de tous les services sanitaires.

Il y avait à l'entrée, des graviers parsemés pour combattre la boue quand il pleuvait. Partout dans les coins clôturés, des arbres étaient alignés depuis la rentrée jusqu'à la grande cours de réception.

Danylan et sa mère arrivèrent et asseyaient sur des sièges où les visiteurs venaient s'étendent leurs jambes, juste avant que la sœur de sa fiancée arriva de son triste visage, s'arrêta en faisant signe de politesse.

- bonjour Dan ! Bonjour madame ! Cria t-elle qui lança un soupir fatiguée. Ganaël était contente de voir son beau-frère, elle ne pouvait pas exprimer cette accroche sur son visage à cause de sa sœur qui était souffrante, mais elle savait que l'accident de sa sœur était dû au comportement de son père et croyait qu'il était l'unique responsable de tout ça.

- bonjour Ganaël, est-ce qu'elle va mieux ? Est-ce qu'elle va s'en sortir ?

- bien sûr qu'elle va s'en sortir ! Elle va mieux maintenant.

- est-ce que je peux aller la voir ?

- hum... Il faut que j'aille d'abord la voir pour la demander parce que vous savez que... Marmonna t-elle.

- d'accord ! Pas de problème, dit à Salimaha que je suis venu accompagné de ma mère, et que je voudrais simplement voir comment elle va.

- très bien ! Alors, accorde moi une petite minutes, je reviens.

Ils restèrent dans la salle d'attente d'une cinquième de minutes, quand soudainement, Ganaël retourna vers eux.

- qu'est-ce qu'elle à dit ? Lui interrogea Danylan qui se tenait debout rapidement à l'arrivé de sa belle-sœur.

- elle vous demande. Suis moi ! Ganaël avait l'air un peu heureuse, mais s'en passait après tout.

Arrivés au salle d'opération de Salimaha, elle avait une grande joie qui déversait sur son visage malgré ses douleurs, son front avait quelques égratignures, sa bouche contenait une trace qui saignait fraîchement le jour même de l'accident, et elle était enveloppée d'une couverture de couleur blanche. Voyant arrivé son homme, elle relâcha un sourire rose, en essayant de s'asseoir beaucoup plus droit sur le lit.

- enfin, tu es venu. Je croyais ne plus jamais te revoir, même si je ne l'avais jamais espéré pour nous. Tu m'a promis d'être pour moi, l'homme en qui je pouvais mis tout ma confiance, mais aujourd'hui.. Tu fuis comme un ombre et tu reviens comme un enfant qui vient voir ses parents couchés à l'hôpital. Murmure t-elle aux regards larmoyants.

- ne pleurs pas mon amour, je ne suis pas doué pour les faux promesses. Mais, ton père lui, c'est un barrage pour notre relation, d'ailleurs tu sais qu'il ne veut pas de moi. Confessa Danylan qui s'approchait calmement vers sa fiancée.

Il se souvient de ce qu'il avait promulgué avant et durant leur fiançailles, triste, il ne pouvait que dire cela.

- voici ma mère. Ajouta-t-il.

- je suis désolée madame, je... Bégayait Salimaha sous sa tunique blanche à fleurs bleus.

Hélène compris que c'était une circonstance qu'elle ne fallait pas mélanger, elle reconnaît ces émotions, ces moments dangereuse de l'amour qui fait gémir l'âme au fond de soi-même, elle devenait triste, triste d'entendre ces paroles que la fille à su exprimer par des regards qui donne envie de pleurer.

- salut, euh.. Ne t'inquiète pas ma fille, je suis seulement entrain de comprendre se qui se passe réellement entre vous deux, et c'est moi qui vous doit des excuses. Je souhaite que tu n'as rien de plus grave ! et je te souhaite une bonne rétablissement.

- Mercie beaucoup madame, cela me fait chaud au cœur. Répondit-elle d'un sourire pâle et abasourdi.

- au fait, je suis aussi venue te remercier pour les médicaments que tu m'avait envoyé quand j'étais malade, ils étaient super efficace ! Ajouta Hélène qui lâcha un long sourire.

- et toi Danylan ? Pourquoi es-tu ici ?

- excusez moi, je vais boire un peu d'eau et je t'attendrai dans la salle d'attente mon fils. Coupa Hélène qui s'en débarrasse ; elle avait persuadée que les jeunes amoureux avaient besoin d'un moment pour pouvoir discuter, elle fit un coup de sourcils à son fils et sortit comme un lapin.

- pour te dire vrai, je suis venu voir comment tu vas, et te dire que j'allais passer quelques jours dans un autre endroit..

- ah ! C'est ça la récompense ? Voici moi qui vient de faire un accident à cause de toi et maintenant tu viens de me dire que tu pars ! Tu es sérieux ? C'est en pensant à toi que je me suis dirigé sous les roues d'un bus de la rue, c'est parce que je ne peux cesser de penser à toi Danylan, tu m'entends ?

Il fit un regard tendu, d'un triste visage, il sourit et figea.

« Le plus grand cadeau d'un homme à une femme. »

- alors, tu veux insinué quoi Dan? Que mon père te tuerais si tu continue à m'aimer? Tu m'avais pourtant promis que rien ne pouvait mettre un barrière entre nous, Qu'as-tu fais avec ses paroles ? Hum! Dit moi s'il te plaît.

Danylan se sentit indigné par ces paroles, quand il eu réfléchi, il voyait bien que sa fiancée secrète avait raison d'en parler, parce qu'il l'avait bien promis.

- je suis désolée mon amour, je suis navré. Pour réparé cette erreur, je vais voir comment on pourrait poursuivre les démarches nécessaires pour notre mariage, tu veux ? Répondit-il sous les triste regards de Salimaha.

- si je le veux ? Tu me le demande ? Le plus grand cadeau d'un homme à une femme, c'est de la mettre en valeur, c'est de la faire savoir qu'après tout, il peut l'aimer jusqu'à la fin de sa vie. Plaignait-elle en secouant un peu les jambes sous la couverture.

- tu peux marcher ? Lui demande t-il.

- un peu, oui. Le docteur à dit qu'il allait me donner une paire de béquilles, mais je peux quand bien même essayer.

- ce n'est pas grave. Je te prendrai avec moi. Répondit Danylan.

- je suis désolée mon amour, mes parents savent que je suis ici, et si tu fais cela ce sera pire pour notre amour. Par contre, si je retourne chez moi, tu pourras venir me chercher. Contesta Salimaha, attachée à la câble d'une sérums perché à la tête de son lit.

- je comprends ce que tu veux Insinuée, mais laisse moi seulement trois jours pour régler cette affaire, je trouverai un prêtre catholique pas trop loin de chez moi, après avoir sortir d'ici, je vais faire tout ce qui est en mon pouvoir pour lui parler et tout planifier.

Danylan parlait d'une forte arrogance, il n'avait plus de faiblesse à se laisser faire mortifié par Hérold encore une fois ; volontairement et précis, il voulut conclu une fois pour toutes avec cette histoire. Dans un esprit motivé, il prépare et se montre prêt à tout pour pouvoir faire son devoir, le visage de sa fiancée avait donné l'air d'une femme qui croyait vivement en son mari, et par delà, elle était soulagée.

- tu ne sais pas combien je me sens bien quand tu me remonte le moral, je suis certaine qu'on finira par faire croire aux autres que ce qui existe entre nous est bien fort que tout, et tout au monde. Répondit Salimaha, elle fixa le ciel et parlait calmement.

- je dois m'en aller, je ne suis pas le seul à pouvoir venir te voir, ta sœur est dehors, encore plus ma mère, je vais faire tout ce que j'ai à faire pour améliorer la situation. Il embrassa la jeune fille attachée à son lit et lui donna un baiser d'amour comme s'il ne l'avais jamais fait auparavant ; après cela il sortit, dans le couloir, de manière inattendu, il croisa cette fille qui défendait à Salimaha de continuer sa relation avec lui, et pour cela, il n'était pas vraiment au courant, et elle, c'était comme les vagues qui s'en vont revenaient. Elle avait une jupe qui contenait des plis et qui avait des fleurs bleus et avait aussi la couleur blanche comme la peinture qui du plafond et de toute l'intérieur de l'hôpital, par contre, on y ajoutait du vert au pied du mur dans toutes les chambres où les malades logeaient et soignaient.

Tuliphie: ça alors ! C'est de vous que me parlait mon amie? Je... Je suis Tuliphie, une amie de Salim! Cria t-elle, en prévoyant qu'elle ne savait rien que des choses que lui avait raconté Salimaha à propos de lui.

- salut Mademoiselle, je ne vois vraiment pas de quoi vous parlez.

- si! Mon amie me parle souvent de vous et j'ai bien peur que vous n'ayez rien appris à propos. Bredouilla t-elle.

- à propos de quoi? J'ai pas le temps d'en parler, j'ai beaucoup de choses à faire, excuse moi ! Danylan s'empara et fuit comme un rat.

Elle éleva les mains, secoua la tête ; quel imbécile ! Avait-elle ajoutée.

- ça y est! Comment ça se passe mon fils ? Est-ce que tout s'arrange maintenant avec elle ? Lui interrogea Hélène.

- on y va maman. Je vais organiser mon mariage avec Salimaha.

- mais...mon fils ! Tu veux avoir beaucoup plus de problèmes ? Tu viens juste d'avoir l'espoir de trouver quelque chose pour te battre à la vie, tu n'as même pas encore commencé. Plaignait Hélène d'une forte inquiétude.

- je sais maman. Puisqu'il le faut, je ferai les deux à la fois. Je parlerai au prête Molton, je pense qu'il me soutiendra pour réaliser ce projet. Allons nous en.

- hé! Cria Ganaël qui s'approcha d'un visage détendu.

Comment ça va ? Elle est détendue ? Est-ce que vous avez...?

- ne t'inquiète pas Ganaël, ta sœur est la seule trésor que j'ai pu trouver sur la terre, on s'est un peu discuter et... Approche ! Nous allons nous marier. Lui chuchota t-il à l'oreille.

- wow! C'est une très bonne nouvelle ! Mais, et pour nos parents ? J'ai bien peur que mon père n'empêche cela ; grommela Ganaël qui rougit après ces paroles. Je crois que mon père n'a nul raison d'opposer, d'ailleurs c'est la vie de ma sœur, elle a droit au bonheur.

- parle avec ta mère à ce sujet, je sais qu'elle ne m'en voudra pas elle aussi, et pour votre père, ça ira. Avoue Danylan en massant l'épaule de sa belle-sœur.

Hélyana souriait doucement et pour elle, se sœur avait toujours méritée d'être heureuse une fois dans sa vie, elle n'avait aucune trace d'hypocrisie, ni de jalousie, déjà, elle avait trouvé Rolex parfait pour elle comme petit ami. Pendant ce temps là, la mère des jeunes filles arrivait tout juste, elle avait le cœur joyeuse malgré la situation de sa fille qui lui à fait autant de peine, voyant Danylan, elle songea que sa fille lui avait expliqué qu'après leur petit rencontre, elle se sentit indigné et mal à l'aise, et qu'elle avait but un peu d'alcool pour pouvoir chasser le stress avant avoir emprunté la voiture de son père. Avant de partir, elle lui avait dit qu'elle allait chez une amie pour ne pas avoir trop d'embarras, puis, hélas !

Les parents surdouées par leurs capacités de gérer leurs enfants, se saluent et se présentèrent comme deux grandes mères en pleine négociations.

Hélène parla de son fils et la relation qu'il y a avec la fille de Salisca, et elle, du fond de l'âme à travers son amour maternelle, compris que sa fils avait le droit de tomber pour celui qu'elle désire, elle défendait toujours ses enfants et connaissait la raison bien plus que leur père.

- je suis vraiment navrée pour ta fille, elle m'a rendu un grand service, je n'oublierai jamais ce qu'elle avait fait pour moi. Surtout, mon fils ne parle jamais de quoi que ce soit sans qu'il est cité son nom, je ne peux pas opposé à cela, vous comprenez?

- sans doute, ma fille est tout comme moi, alors, je pense qu'il est nécessaire pour assurer l'avenir de nos jeunes, je ne peux pas rester trop longtemps, je pense qu'on parlera beaucoup plus une prochaine fois !

- oui, je l'espère moi aussi.

Après cela, Danylan et sa mère quittèrent l'hôpital et rentrèrent à la maison, il avait le cœur chaud, comme le teint roux des cheveux de sa concubine qui gardait une vive lueur que elle marchait sous le soleil du printemps.

- ras le bol, je crois qu'il me faut ton aide maman, je parlerai ce soir avec mon père à ce sujet et j'irai demain matin à la chapelle pour retrouver le prête, afin de pouvoir tout arranger.

- mon fils, tu n'as aucune raison de te charger d'empressement, tu dois te calmer, réfléchi un peu ! Je ne peux pas dire autrement, mais là, il te faut un petit moment pour pouvoir arriver à te contrôler, d'accord ?

- maman, je ne suis pas fou, je ne peux plus me laisser courir après le temps, ne t'en fais pas, je sais tout ce que je fais.

- si tu le dis ! Tout ce que je fais étant que parent c'est éviter le pire. Danylan se serre les dents et dévisagea comme un rebond d'un coup de poing dans son estomac ; malgré cela, il essayait de tenir beaucoup plus et sur c'eût, il alla et gagnait sa chambre. En partant, son père était tout juste rentré à la maison, il entendit les coups de baisers et les coups de salutations de son père, mais, il rentra dans sa chambre et ferma la porte sans se retourner.

Le lendemain, comme il avait planifié son sortie, il se leva de très tôt, après avoir fait le lit, il quitta sa chambre sans penser à regarder son visage, ce qu'il faisait par habitude quand il se levait de son lit, et cette fois, il n'y avait même pas pensé car il s'empressa de se rendre à la chapelle. Hélène avait déjà fait la cuisson, et entre autre, elle avait décidé d'accompagner son fils après avoir lancé le message son mari qui était très surpris, mais, ne pouvait rien ajouter à ce point.

Quand le jour fait enfin son éclat.

Danylan travaillait ses idées, il était hostile, mais, il avait du courage à continuer ses démarches pour pouvoir atteindre son objectif.

Enfin ! Le jour était arrivé pour célébrer le plus grand moment de sa vie ; Un moment inattendu qui allait secoué toutes le deux familles.

Tout le monde y était obligé à accepter ce jour qui ne pouvait pas être renvoyer, sauf Hérold son beau-père.

Toute la ville était chauffée par les motards qui transportaient certaines personnes qui étaient déjà prêt pour arriver à l'église. Durant ce temps là, Danylan se préparait à attendre l'arrivée de la voiture qui allait porter la mariée et leur convivialité.

Dans son costume crème, ses cheveux bouclés, il était attentif au son du klaxon de la voiture qui était déjà arrivé par devant la cour de la maison.

- Attend mon fils, laisse moi te fixer ceci. Disait Hélène qui marchait follement sur les talons.

Son père avait déjà terminé ses formalités, il savait en tant que père, après les moment de souffrance qu'il avait eu, il savait donner une chance à son fils, même si pour lui, c'est une charge qui demande beaucoup de soutien de sa part; premièrement, il parlait à sa femme de tout ce qu'ils ont eu eux-mêmes au cours de leurs années, après cela, il eu une petite conversation à son fils pour lui encourager et lui fait comprendre que le mariage est tout une vie, et qu'il fallait avoir beaucoup de couilles pour s'en tirer au sort dans des situations complexes. Mais lui, il disait toujours : peut importe ce qui pourrait y'arriver, j'affronterai, je me battrai comme un soldat qui part à la guerre, car, l'amour est tout une évidence, il faut se battre pour la garder prêt de soi. Disait-il à son père.

Pip pip! Le marier sortit de sa maison, accompagné de sa mère et de son père, eux qui n'allaient pas monter, mais qui accompagnaient leur fils jusqu'à la portière de la voiture.

De ses cheveux roux, au crème de tomates, elle souriait quand s'approcha son conjoint, et tenir fermement son bouquet de rose à la main, puis elle se souvint de ce jour-là, le soir où elle allait recevoir son premier cadeau d'amour en bouquet de roses que son copain lui avait procurer dans un magasin de fleuristes qui situait presqu'au cœur de la ville. Entre autre, elle avait été sûr que ce moment allait venu, même si toute fois, elle aurait pu choisi de plaire à son père, mais non ! Chacun sa vie et son propre destin.

Ils avaient prit leur bonne décision, gagna la cours de l'église et célébra leur noce comme au bon premier pas de leur famille, dans son costume, Il dansa avec son épouse comme si tout venait juste de commencé. Les parents s'assemblaient pour célébrer ce grand moment, oublié tout ce qui pourrait en porter préjudice au mariage de leurs enfants. Par delà, le père de Salimaha était obligé d'être présent, mais ne dit jamais rien comme quoique ce soit. Quand sa femme allait ouvrir la bouche pour lui dire quelque chose, il tourna sa face vers une autre direction.

Le décor de l'église avait donné une forte conception à Danylan ; pendant qu'il dansait avec sa femme, la tête sur les épaules, il songea ce désir qu'il avait pour s'en fuir, partir loin de tout et vivre son calme dans un autre endroit, et cet après-midi là, il se rendit compte sous la couleur de crème et de rose qui décorait le temple, qu'il devait partir avec sa femme loin de tout les familles et construire sa nouvelle vie.

Les Yeux de Salimaha exprimaient une grande fierté, elle ne cessait pas de sourire et garder ses regards pencher sur son mari chaque fois qu'il leva son visage pour la regarder d'un douceur très particulier.

- ohé ! Cria Ganaël qui accompagnait de son petit ami Rolex. Il avait cette même passion, mais pour lui, ce n'était pas encore une option à prendre, peut-être dans les jours à venir, avait-il réfléchit.

- je suis heureux pour toi mon ami, il y avait tellement de grabuge la semaine dernière, je n'ai pas pu traverser pour venir t'aider dans les préparations, je suis désolé. Ajouta t-il.

Danylan leva la tête, vu son ami accompagné, pour lui, cela paraissait très étonnant, mais après tout, il s'en passe.

- oh ! Pour ça ne t'inquiète pas ! Danylan avait vécu les jours de ses préparatifs sous des coups de feu qui partait dans quelques coins de la ville, mais cela ne pouvait rien changé pour lui. De l'autre coté, Salimaha avait elle aussi connue des petits instants de guerre avec certaines marchandes, celles à qui elle achetait des vaisselles, des draps et autres choses qui pouvaient leur servir dans leur future demeure.

Ils avaient déjà visité un endroit pour se loger, sûrement, ils étaient très patient pour trouver un logement assez spacieux pour leurs avoirs, même si pour le jeune marier, ils n'avaient que quelques jours à passer au milieu de leurs parents. Toujours le même programme sans y passer par autres chemins, à la Navas, c'est là qu'il voulait allait passer ses séjours et y demeurer jusqu'à ce que leurs enfant soit né et corrigé tout les erreurs du passé.

- je vous souhaite du bonheur, je souhaite que vous aurez bientôt votre premier enfant, je serai très heureuse de pouvoir la secouer et de lui donner de beaux petits bisous sur le front. Ganaël riait après avoir prononcer ces paroles au jeune couple qui assemblait les souhaits pour pouvoir espéré bien plus grand dans leur foyer.

- moi aussi, je souhaite tout ce qui a de bon pour faire grandir votre petite famille et bonne vie à deux ! Ajouta Rolex. Il était habillé d'un gilet gris et chemise blanche, d'un pantalon gris comme la couleur grise des nuages qui s'assemblait ce jour-là pour bénir leur cérémonie par quelques gouttes de pluies ; Dieu avait-il été d'accord pour ce jour qui allait bientôt donné une nouvelle beauté à ces deux jeunes amoureux, adolescents qu'ils soient ? Tout les gens qui étaient présent, on vu et compris qu'il s'agissait de quelque bien spécial à ce qu'il paressait durant ce moment de pleine célébrations.

Par conséquent, Danylan avait retenu les souhaits comme des faits réel qui allait se produire entre eux, il était heureux pour une fois, mais, il pensait à pouvoir essayer une dernière fois une technique pour convaincre le père de son épouse.

La sœur de la mariée et son ami qui l'accompagnait étant partit, ils étaient aller dansé dans la foule qui se réjouissait d'une forte adoration après les cérémonies. Il fixa sa femme comme s'il ne l'avait regardé que pour la première fois, il sourit et ajouta : tu es aujourd'hui mon épouse, tes cheveux roux sont comme des aromates, de toutes les plus belles femmes de la terre, tu es donc l'unique et la plus précieuse de mes regards, je t'aime et je t'aimerai toute ma vie.

Salimaha était heureuse, à ces mots, elle se pliait doucement sur les épaules de son mari et sourit fortement.

De temps en temps, certains de leurs parents passèrent pour leur souhaité bonne vie, mais Hérold s'approcha d'eux les regardaient, présomptueux, il rentra chez lui et rien ajouté.

Quelques minutes après, l'amie de Salimaha venait leur prononcer des souhaits, cependant, elle était plein de jalousies et leur faisait des regards à travers.

« Cette fois on recommence pour de vrai »

Après leur mariage, Danylan avait pensé au plus grand bonheur de sa famille, sûrement, un bébé allait venir seulement dans quelques mois, ce qui lui avait donné un peu de doute à propos de ce qu'il devait apprendre pour pouvoir travailler avec un maximum de compétences afin de faire prospérer sa petite famille qu'il avait donc enfanter à travers son mariage avec celle qu'il voulait faire toute sa vie.

Ils étaient réveillés sous la brillante lumière plafonnier qui éclairait la chambre, comme le soleil dans sa vive clarté.

Comme ils parlaient d'amour, ils prenaient leur temps pour pouvoir se détendre dans leur nouveau appartement.

- touche moi fort mon amour, je suis à toi et rien ne nous séparera comme l'on ajoute du lait dans du café. Sifflait la jeune femme qui soupirait fortement sous les bras de son époux.

- je te donne tout ma chérie, tout ce que je pourrais y considéré comme mon plus grand trésor. Avait-il répondu à sa femme.

Il marquait 5 heures A.M à l'horloge, il faisait noir et les étoiles faisaient aussi leurs éclats, les amoureux avaient prit leur temps pour consommé leur mariage et s'entretenir par de petites conversations profondément sincère.

Après cela, ils étaient tous les deux allongés dans leur lit de tendresse.

- tu sais mon amour, je me sens juste un peu inquiète pour mon père, même si cela ne m'empêche pas de fuir ses propos, mais je sais qu'il doit savoir pour une fois qu'il s'agissait du destin de sa fille, pas de la sienne. Je suis convaincue que ma mère lui, elle saura garder son silence quand mon père l'outragera à cause de moi, cela me panique un peu mon cœur. Salimaha connaissait le comportement de son père, elle savait qu'il allait diminuer de son amour pour sa mère à cause d'elle, et elle se panique.

Du coup, Danylan monta les sourcils, il était appuyé contre leur oreiller et en servir pour sa femme qui se longeait et s'appuyait contre lui.

- ma chérie, je comprends ce que tu veux dire, mais je veux que tu sache que ce n'est pas le bon moment pour pensée à ton père, d'ailleurs, il s'est même montré inoffensif, c'est-à-dire, s'il y a une personne qui s'est vivement montré opposé à notre relation c'est lui ! Je ne peux pas te séparé de ta famille Salimaha, la seule chose que je sais, c'est qu'aujourd'hui il ne faut que penser à la nôtre. Répondit Danylan qui caressait les bras de sa femme.

- Dan, tu as raison, mais ce n'est pas trop pour mon père, ma mère de préférence, je ne souhaite pas qui ait de mauvaises vie avec elle à cause de moi, cependant, je sais que maintenant qu'il ne s'agit que de toi et moi, bientôt de lui aussi. Disant cela, elle avait un sourire qui couvrait son visage, heureuse, elle tira les mains pour caresser le visage de son mari qui lui, reste très attentif.

- écoute Salim, bientôt nous quitterons le pays, mais avant de partir, je t'emmènerai voir ta famille, juste une dernière fois. Répondit-il.

- une dernière fois ! Je ne peux pas t'offenser mon amour, je suis d'accord avec toi, par contre, je dois te dire que.. Après notre petit moment, j'ai ressenti un petit mal à l'aise et depuis, même si je ne souffre pas trop mais ça ne va pas avec mon estomac. Murmure la jeune mariée qui se plaigne contre sa malaise.

Il savait qu'une nouvelle comme celle-là allait arrivé au bout de ses oreilles, content, mais faisant semblant qu'il n'avait pas compris ce qui se passait.

Leur maison composait de deux chambres à coucher, d'une salle à manger, d'un salon, d'une douche et une cuisine. Leur chambre était très décoré, ils avaient une coiffeuse très synthétique, une penderie pour mettre leurs habits, elle était colorée de rose comme la couleur de leur noce qui était marié du crème blanche et elle avait un très bon parfum qui se dégageait, c'était une émanation fauve et délicat, toute la chambre était très lumineuse et très hospitalière. Ils avaient autour d'eux, un parfum d'amour qui couronnait leur lit fait de bois garni d'une couleur marron foncé et schématiquement couronné de fleurs.

- écoute ma chère Salim, c'est probablement un problème causé par l'effet de certain plats du réception, peut-être que cela dû à notre gâteau ?

- mais non! C'est plutôt autre chose, laisse tomber d'accord ! Elle compris que la situation pouvait aggraver les choses, certaines fois, quand on dit à un homme qu'une femme devient enceinte, il s'énerve et se plaindre, par delà, elle essaie juste d'éviter le pire. Elle rougit.

- ça! On ne peut pas laisser tomber ce sujet, même si cela arrivait, ne crois pas que j'agirai d'une autre manière, Parce-que je t'aime et je sais que tu es une femme fidèle, comment pourrais-je faire une chose pareille ?

- évidemment ! Tu sais, c'est l'une des symptômes de grossesse, je n'ai pas dit en gros qu'il s'agit de ça mais j'en doute fort. Répondit Salimaha qui se sentit soulager.

- si tu as envie de vomir je suis là, ne te fais pas trop de doute, c'est le plus grand cadeau que j'attends de ma femme aimé. Tu es prête pour me faire ce cadeau ? Lui interrogea Danylan, heureux de constater qu'il y avait un premier pas qui allait se faire de ce qu'il attendait de sa femme aux cheveux longs au rouge écarlate.

- volontiers ! Je suis ta femme, encore plus, je souhaite te donner tout ce qui a de plus chers au monde mon amour.

- cette fois, j'éviterai tout ce qui pourrait te faire de mal, c'est comme la première fois depuis le jour où je t'ai connue, je voudrais également te remercier pour ton amour et te dire que cette fois c'est pour de vrai, rien ne nous empêchera de vivre comme deux enfants qui s'aiment et s'habituent par la vertu d'un amour sincère et véritable. Ajouta t-il d'une profonde sincérité.

- cependant, demain matin au lever du soleil, je pense me rendre à l'hôpital, tu sais, c'est là que j'ai eu ma plus grande promotion, je compte aller faire un test pour savoir si c'est bien ce que l'on pense, tu veux ?

- bien sûr mon amour, je pense qu'il nous faudra aussi un peu de temps après cela pour en discuter de notre voyage. Avait ajouté Danylan.

- je suis d'accord. Mais... Attends ! Je ne me sens pas trop bien, il faut que j'aille dans les toilettes, excuse moi mon amour. Salimaha descendue de leur lit, faufile rapidement dans les toilettes, et son mari, lui, il devenait plus inquiet de ce qu'il était avant, il courut et la suivie.

« Quand on essaie et ça devient positif. »

Ganaël avait tenue de bonne leçons par rapport au réunion de sa sœur et son mari avec son père, elle considère cette exemple pour prolonger son histoire dans le noir, ne rien encore avouer à personne, ce qu'elle avait jugé nécessaire pour elle et son copain.

C'est la meilleure amie de sa sœur aînée même si certaines fois elles se disputaient entre elles, mais rien ne pouvait changer leur amitiés. Dans la salle de bains, elle songea sa petite sœur; Salimaha prit une serviette pour essuyer sa bouche juste après avoir rejetée dans la toilette; elle, détachant sa chemise de nuit de trace rose qu'elle portait dessus, se regardais dans le miroir qui était au-dessus du lavabo et soudainement, son mari apparaissait dans le miroir tout triste et confus.

- Est-ce que tout va bien ma chérie!? Laisse moi t'aider. Disait-il à son épouse. Il avait les mains froide, il se demandait surtout, pourquoi c'est maintenant ? Mais, il avait conscience que cela ne signifie que le commencement des choses sérieuses.

- je vais bien mon ange, je crois que nous devons faire le test le plus rapidement possible et surtout une mise en place si cela en demande, tu comprends ?

- si mon amour ! Aller viens, on retourne se coucher.

- ouais! Je crois que ça va passé, mais avant tout, j'ai un flacon de pilule dans mon sac de sortie, va me les retrouver, cela pourrait peut être m'aider.

- d'accord ma puce. Danylan s'en alla rapidement pour retrouver les pilules en apportant avec lui un verre d'eau chaude pour son épouse ; après cela, ils se sont retourné dans leur lit, et cette fois, elle s'était très vite endormie sur les bras de son mari qui lui regardait d'un air tendre et d'une tendresse fort affective. Quelques minutes après, on entendait que de ronflements dans la petite pièce, ils étaient tous les deux prises par de profond sommeil.

Le lendemain matin, la lumière du soleil, abattu sur les fenêtres, rayonnant toute la maison, avait donné un éclat particulier. De son visage rayonnant, appuyer sur l'oreiller, Danylan avait déjà ressentis l'abattement des rayons ultraviolets qui éclaircit déjà la maison de leur nouvelle aventure. Ses yeux s'ouvriront dès que sa femme eu tournée sa face contre la sienne. Doucement, ses paupières montèrent au-dessus de ses yeux, puis, il regardais calmement son épouse aux yeux marrons et ses cheveux longs mais, qui avait été coiffés pour leur cérémonie nuptial. Cœur contre cœur, les deux amoureux était comme une rivière qui recevait l'arrivée d'un ruisseau d'un moment à jamais oublié. Elle détacha ses paupières et sourit doucement comme s'est passé dans leur petit moment de tendresse qu'ils passèrent après leur mariage qui à tout changer.

- Déjà réveillé ! Lui disait-elle en lui caressant son petit menton, tout en lui fixant des yeux.

- je suis resté là à te contempler comme en notre première petite soirée. Lui avait-il répondu. Comment tu te sens ? Est-ce que tu fais mieux maintenant ? Lui interrogea Danylan.

- Et bien, je me sens mieux, oui! Mais je pense qu'il ne faut pas laisser passer une seule journée sans pouvoir faire le test, cela est très important pour moi, et toi, tu pourras aussi savoir si c'est ce qu'on croit ou pas ! Chuchota calmement son épouse de sa voix fine et juvénile.

- ne t'inquiète pas ma chérie, je suis partant mon amour. Mais dites moi donc, même si cela pourrait être vrai, je ne saurais pas laisser tomber ce que j'ai à apprendre, et toi, est-ce que cela serait un problème pour ton travail ? Même si dans les jours à venir nous nous quitteront le pays, mais il nous reste encore quelques jours. Murmure t-il sous l'emprise d'un doute qui lui mettait l'esprit un peu dans le trouble.

- écoute mon beau, cela ne signifie pas que tu pourras pas aller au cours, ni moi, cela ne pourra rien déranger de mon côté, mais, juste en cas de prévention, tu comprends ? Lui avait répondue Salimaha qui ne cessait pas de garder son visage enjoliver par son sourire de ses joues rondes et roses.

- ahan! C'est vrai, tu as raison. Dites, tu vas préparer le petit déjeuner ? Je pense qu'il faudrait qu'on se prépare de bonnes heures.

- humm ! Il n'y a pas de soucis pour ça mon amour, mais à présent, je voudrais que tu me donne juste une petite tasse. Rétorqua Salimaha qui passa ses mains par dessus son cou, il ne pouvait pas se sentir plus satisfait que par les gestes de sa femme qui lui toucha si profondément.

- une petite tasse! Mais, c'est toi qui allait...

- chut! Embrasse moi fort mon amour, et ne t'en fais pas pour le café, je vais arranger ça tout à l'heure, maintenant, fait moi ressentir ton amour, ta tendresse et cache moi sous tes ailes.

Danylan avait tout comme sa femme, un amour débordant et il avait aussi le cœur rempli de tendresse pour sa bien-aimée, pour qui il a également été mis en déroute par les propos de son beau-père qui était opposé à la réalité.

8 heures, ils étaient tous les deux couvrit d'une serviette de bain, comme le jeune garçon n'avais pas un gros corps, son serviette redoublant sur son corps lui serrait un peu, comme il n'allait pas trop loin, il pouvait marché à pas serrer dans la pièce jusqu'à la salle de bain.

Il se rendait dans la douche pour prendre son premier bain, mais son épouse lui avait demandé juste de l'attendre un peu sur la table de la salle à manger.

- c'est prêt ! Alors, dit donc, toi aussi tu vas aller voir tes parents ? Disait-elle à son mari qui attendait l'arrivée du café qu'elle apporta toute souriante. Je pense que si le résultat serait positif, ma mère sera très heureuse de pouvoir enfin devenir grand-mère, je voudrais tellement que mon souhait se réalise! Avait-elle ajoutée.

- ma mère aussi. Pour ce qui concerne nos dernier visite à nos parents, je pense qu'il faut que je réfléchi un peu à propos de ça, peut-être ont pourra bien le faire en une seule journée, cela dépendra du temps que nous allons prendre pour préparer nos affaires.

- allez ! Arrêtons de parler, on va terminé nos tasse puis on va prendre un bon bain frais. Conclut-elle d'un sourire soulagée.

Quelques instants après, ils étaient tous les deux parties à l'hôpital pour savoir comment ça allait avec le doute débordant qui avait captivé l'esprit de Danylan, qui, voulut essayer de trouver une bonne nouvelle malgré son maigre moyen.

Arrivant là-bas, le docteur Charles était le premier à pouvoir accueillir son infirmière, Salimaha travaillait avec eux et avait été très connue à l'hôpital.

Il portait une blouse blanche et des lunettes de verre ainsi que son sourire pour accueillir les patients et tous ceux qui venait lui parler. Sage, calme, gentil, il n'avait pas de mauvaise caractère.

- alors ma chère Salim, que puis-je pour vous ? C'est votre...?

- oui Monsieur le docteur, c'est bien mon mari, je suis désolée de ne vous avoir pas envoyé de carte d'invitation. Disait Salimaha qui tentait de faire des excuses à propos de son mariage. Elle portait ce jour-là, une robe bleue qui contenait des petites fleurs roses tout comme celles que lui avait offert son mari dès leur première soirée. Mais lui, il portait une chemise blanche et un pantalon bleu ciel et des lunettes de soleil sur son visage.

- ne vous inquiétez pas madame Salim, je sais que tout était arrivé en bref, ton amie m'a tout expliqué, ne vous en faites pas. Alors, dite moi donc, vous voulez bien passé dans mon bureau? Leur proposa le Docteur.

- non Monsieur ! On est là juste pour un test grossesse, rien que ça monsieur. Poursuivit Danylan.

- Ah! Pour ça il n'y a pas de soucis ! Surtout je connais votre femme, et ceci je vous en ferais un don gratuit. Reprit le docteur qui se trouvait très sympathique avec le nouveau couple.

- merci beaucoup monsieur Charles, je suis très fière. Répondue Salimaha.

- d'accord, alors monsieur tu va rester dans la salle d'attente et madame, tu viens avec moi.

Le docteur passait sur la caisse de la pharmacie qui se trouvait à l'intérieur de l'hôpital et demandait au caissière de donner un test à la jeune femme qui, après cela, passait aux toilettes pour effectuer le test puis, elle apporta le petit instrument au docteur qui lui donna juste une petite prescription et lui proposa un rendez-vous.

- que s'est-il passé ? Est-ce que le résultat à rapporté que le test est positif ? Lui demandait Danylan, assit à la salle des visiteurs à l'arrivée de son épouse toute souriante.

- et bien, qu'est-ce que tu croyais ? Les deux barres sont allumés en rouge! Lui avait répondue son épouse aux cheveux longs et rousse.

- cela veut dire ? Lui avait-il questionné, par une simple expression de nuage grise et sombre qui couvrait son visage.

- cela veut dire que je suis enceinte mon amour, on va y avoir notre premier bébé et je suis heureuse !

Danylan lança un sourire pâle, rit légèrement et embrassa très fort son épouse.

« Responsabilité »

Comme les jours passaient, la partie devenait plus élevé dans la petite maison. Danylan avait sérieusement tenue le résultat comme une marque déposée auprès de son cœur, il compris qu'il fallait que tout ça arrive pour être enfin un homme responsable. Ils avaient passé leur premier semaine sans aucune signe de leurs parents, leurs téléphones mobiles restèrent silencieuses, comme s'ils venaient de se détacher du monde extérieur sans laisser aucune trace pour les retrouver. Pourtant, Salisca se faisait du soucis pour l'absence de sa fille, plus encore, son mari que se déchaînait à cause de tout ça. Leur maison avait connue une manque, mais, cette vide restera jusqu'à la fin de leur vie, déjà, leurs enfants ne sont plus que des adultes, ce qu'ils ne pouvaient pas suggéré après tout, sauf ceux de Danylan qui réfléchissaient d'une autre manière dont, leur fils qui n'est plus qu'un enfant.

Loin de leurs parents, ils avaient tous les deux fait un accord qui leur à permis de vivre librement leur statut maritale et conjugale.

Puisqu'elle était devenue enceinte, elle évitait de concevoir certaines efforts pour mettre sa grossesse à l'abri de tout danger et pour laisser profiter son bébé. Elle avait de la passion pour les enfants, c'est la raison pour laquelle elle avait décidé d'étudier les sciences infirmières afin de pouvoir aider les enfants, mais cela ne signifiait pas que cela, vu sa carrière, elle était devenue plus importante qu'elle ne l'avais pensé.

Dans sa chambre, Danylan se préparait à partir de chez lui pour se rendre chez sa mère, il savait que laisser sa femme seule dans la maison serait une manque de responsabilité et de respect. Il prenait seulement un sachet qui contenait du pain, de jus qu'il avait acheté dans un supermarché et quelques autres petits détails qui ne concerne que sa mère.

- alors mon amour, tu veux que je cherche et prépare tes habits? Interrogé par son épouse qui venait juste de rentrer dans leur petite chambre.

- tu sauras quelle couleur qui me plaira j'espère. Répondit-il. Il abandonna le paquet qu'il déposa sur leur lit, s'approchant de son épouse à qui il élance de sourire qui montre sa fierté en vue de sa bien-aimée.

- bien volontiers ! Je sais comment gérer ça mon bébé, tu sais que les couleurs, moi, je sais bien les marier. Avait répondue la jeune amante aux yeux clair éblouis par la clarté.

- humm mm ! Bien ! Alors prouve moi que tu peux faire tout ce que tu peux pour plaire à ton mari, hum?

- Est-ce un défi? Tu sais, ce que je ressens pour toi me dépasse tellement, que même si je pouvais donné la moitié de ma vie pour te plaire rien ne pourra m'en empêcher. Chuchota t-elle tendrement à l'oreille de son époux. Danylan croyait en tout ça, pour lui, c'était une ombre de ce qu'il avait en son cœur et qu'il avait tout simplement gardé se secret.

- ma seule et unique amour, je sais et je ressens ce que tu as pour moi en ton cœur, et moi aussi, je voudrais t'aimer plus que jamais. À cet égard, les expressions frappaient fortement aux cœurs liés d'un amour vrai et irréprochable. Après avoir été serrée forte dans les bras de son amant, sous la petite robe courte de tuiles qu'elle portait, sa culotte rose apparaissait comme si rien ne l'avait fait aucune couverture, elle alla déclarée à son époux qu'elle avait envie de lui, mais Danylan se retira vite pour aller prendre ses souliers sous la dernière petite étage de leur penderie.

- écoute mon petit loulou, tu vas déposer tout ça et tu vas me donner seulement une dizaines de minutes et ça ira ! Murmure la jeune amoureuse.

- mais.. Mon ange! Cria t-il, déconcentré.

- viens! Après cela nous irons, comme deux petits pigeons qui s'envole. Tout ce que je veux, c'est le bonheur ! Répondit Salimaha qui débordait d'une joie et ne cesse de sourire.

Après avoir passé un moment ensemble, ils étaient plus près de partir qu'abandonner, ils avaient tous les deux porté les mêmes couleurs, leurs habits n'était pas moins différents de couleur.

En chemin, la jeune amante aux yeux marrons avait consentie qu'il fallait trouver un moyen de ne plus payer les taxis, elle avait tout de suite trouver une idée, mais cela restait encore un projet qui méritait une très bonne réflexion par rapport à celui de son époux.

- tu sais mon chéri, j'ai réfléchi à certaines questions très importantes et je pense qu'il faut les partager avec toi. Grommela Salimaha qui marchait pas à pas et le bras lié à celui de son amant.

Je vais te faire une proposition, mais avant tout, je dois te dire que, même si maintenant nous formons une nouvelle famille, je sais ce qui est plus important pour toi, tes rêves, ton objectif, j'ai tout capté dans ma mémoire, pour cela, si tu abandonne notre voyage, je te trouverai un boulot à l'hôpital, et moi, comme j'irai moi aussi travailler on pourra se voir de temps en temps. Non seulement ça, je t'en achèterai une motocyclette comme ça on cessera de partager nos pourboires! Alors, qu'est ce que tu penses mon amour ? Il faut que tu penses à tes futurs responsabilités, il faut qu'on gère ce qu'on a pour mieux préparer l'arrivée de notre premier bébé, tu comprends Dan ? Danylan soupira et se lança dans une très profonde réflexion.

- écoute ma chère petite ange d'amour, j'ai bien compris ce que tu viens de dire, mais je dois t'avouer que partir loin d'ici c'est simplement pour nous protéger des colères de nos parents, surtout, tu sais que ton père n'est pas de mise. Je ne peux pas faire semblant de te plaire parce-que je te l'avais promis, ni parce-que tu pourras me donner un véhicule pour me mettre à niveau aux yeux de tous les autres, même si tu n'as pas déclaré ça, mais je sais que c'est ça ce que tu as vraiment en tête. Je vais réfléchir un peu plus, parce que là nous sommes dans une pleine rue et nous devons arrivé aussitôt que possible, plus tard tu auras ma dernière réponse. Elle ne cessait pas de fixé son époux qui semblait d'être un peu indigné, mais, elle s'en accrochait à lui et ne cesse de lui serrer les bras.

- je sais que je pourrais être un peu exagérée mais, on peut vivre bien ici chez nous. Pour nos parents, il faut cesser de pensé ainsi, d'ailleurs, nous ne sommes plus qu'un et rien ne peut nous séparer. Comme tu viens de le dire, me mettre à l'abri n'est qu'un début, tu dois accepté de faire comme si mon père n'était pas là et comme ça on pourra vivre simplement pour nous deux ! Je suis navrée mais... Je devrais te le dire mon amour. Ajouta Salimaha qui commençait à transpirer sous le soleil brillant et brûlant.

- ça ! Je pense qu'il faut que je repense un peu les choses, je dois te protéger, je dois garder notre famille, pour cela, je voudrais juste éviter à tout contraintes tu sais ! Je dois assumer mes responsabilités envers toi et notre destin qui s'approche plus près de nous chaque jours, et pour le travail, je pourrais bien sûr, être d'accord avec toi. Aller ! On va prendre un taxi. Ajouta t-il.

Ils cessaient de marcher sur la trottoir, puis, une camionnette s'appuyant juste à côté, le jeune marié fait signe d'arrêt au chauffeur, ensuite, ils montèrent et s'asseyant l'une à côté de l'autre jusqu'à qu'ils soient arrivés à leur destination.

« Influence»

Après leurs visite qui leur à coûté une très belle journée, ils étaient retournés chez eux et passaient quelques moments ensemble avant que la jeune dame ait repris son boulot à l'hôpital.

Ganaël avait un peu de soucis de son côté, voyons, elle aimait son premier petit ami certainement, mais, elle n'avait que 19 ans, encore bien plus jeune que sa grande sœur qui avait déjà 23 ans et terminé ses études, puis, travaillait pour combler ses propres vides sans compter sur ses parents.

- Ganaël ma fille, tu sais qu'après toi et ta sœur je n'ai pas d'autre enfants, ta sœur à choisi de faire sa propre vie, mais toi, tu n'es pas encore près pour ça, si tu as besoin de quelque chose, moi et votre père sommes prêt à faire tout ce qui est en notre pouvoir pour te le donner juste au cas où, d'accord ma chérie ? Interrogea Salisca, elle avait un peu de panique pour sa dernière petite fille et elle a voulue éviter les moindres problèmes qui pourraient y arriver avec elle, surtout de son jeune âge.

- mamie, ne t'en fais pas pour moi, tu sais que j'ai des projets pour ma vie, j'éviterais tout ce qui pourrait me contrarié ou même gâcher ma vie, mais maman, on ne peut pas empêcher un cœur de tomber amoureux. Répondit t-elle à sa mère assise juste à côté d'elle. Elle repassait quelques leçons dans des ouvrages qui contenaient tout ce qui concerne ses activités scolaire, une branche fils de ses écouteurs tendu sur sa jambe, et l'autre à l'oreille gauche.

- cela veut dire ? N'es-tu pas entrain de me dire que tu es déjà tomber amoureuse ? Fait moi comprendre.

- mais non! Ce n'est pas ce que je veux dire, mais c'est simplement qu'il y a des histoires qui cause des influencés. Je pense qu'on ne peut pas fuir les influences juste par simple regard, surtout... Celle de ma sœur. Ce qui leurs étaient arrivé m'a donné la force de me battre pour celui qui fera l'objet de l'amour de ma vie, mais je souhaite que mon père arrive à changer son attitude. Répondit t-elle à sa mère, inquiétée, elle ne voulait pas se sentir mal à l'aise à cause de l'absence de ses enfants, surtout, quand son mari allait travaillé dans les heures de médian, seules ses enfants restaient avec elle pour lui permettre de ne pas se sentir seule, néanmoins, les habitudes de vie, les échanges, les moments de détente avec ses enfants sont tout ce qui pourrait lui manquée, elle voulait aussi éviter des trucs qui pourraient mettre en son époux en désaccord avec elle.

- ma fille écoute moi, à ton âge, j'éviterais tout ce qui pourrait avoir des conséquences négatives sur mon avenir, si tu trouveras quelqu'un qui t'aimera c'est sûr! Mais, souvent, ce sont les petits jeux qui amènent les grands dispute ; pour cela, je veux que tu comprenne, comme ta sœur avait débuté en se préparant de plus tôt avant même de laisser les sentiments amène sur elle la raison, est-ce que tu comprend ma fille ? Interrogea calmement Salisca après ces mots de confiance qu'elle a su tirer de sa fille.

- oui maman, oui. Répondit-elle tout court. Je vais... Me préparer pour le cours de ce matin, alors... À tout à l'heure ! Lança Ganaël qui sourit froidement. Elle essayait de fuir juste pour ne rien avouer à sa mère, tout ce qu'elle rêvait, c'est aller passer quelques jours chez sa grande sœur pour être plus près de sa chance. Ganaël compris que tout ce qu'elle pouvait gagner pour avoir la confiance, ce sont des conseils qu'elle pouvait avoir de Salimaha, sa grande sœur.

Soudainement, Hérold, après quelques jours de silence sur le sujet de sa fille, avait réfléchi de façon distraite, il voulait s'assurer de trouver le raisonnement parfait pour ne pas être troublé à cause de la désobéissance de sa fille.

- Salisca ma femme, je regrette certaines choses, tout ce que je n'ai pas pu faire pour ma fille, je t'ai entendu parler à Ganaël et j'apprécie beaucoup, mais écoute, je voulais juste que ma fille me donne quelqu'un qui serait prêt pour nous donner des coups de main à notre entreprise, je ne l'envie pas pour autant, mais elle m'a déçu en choisissant de me désobéir. Plaignait Hérold à sa femme, assise sur un fauteuil crème en plastique. Il parlait de son beau regret d'avoir laisser passer tout ça sous ses yeux, mais, tout ce qui est fait est déjà fait.

Pendant qu'ils discutaient, Ganaël entra dans sa chambre, ouvrit son DVD, ensuite, elle tira son portable du tiroir de sa coiffeuse et composa le numéro de sa sœur. Le téléphone sonna, mais le répondeur était occupé. Elle a voulue demander à sa sœur de lui préparer une chambre, tout était assuré. Dans quelques jours, ce sera les grandes vacances, de ce fait, pour mieux préparer la route, elle a également fait une demande à son copain, pour le faire savoir qu'elle planifie son départ, tout en lui demandant de venir la voir chez sa grande sœur. Les heures passèrent, Ganaël revenait à sa mère pour lui dire au revoir, car, elle était près qu'en retard pour l'école.

- aller ma fille, n'oublie pas tout ce que je t'ai dit, il bien que tu fasse attention. Je parlerai à ton père au sujet d'un cours de préparations pour le droit, tu m'avais dit que tu voulais aller à l'université de droits pour devenir avocate, n'est-ce pas vrai ? Lui interrogea t-elle.

- si maman! J'ai pensé que tu avais oublié ça ! Il y avait des années de cela. Ajouta Ganaël toute en souriante. Elle avait l'impression que sa mère avait bien garder son rêve après bien une dizaines d'années, delà, elle réfléchissait profondément. Écoute maman, si tu fais ça pour moi, je t'en serais reconnaissante envers toi, Hô là ! Mon heure est arrivée, salut maman! Salut papa! Cria t-elle en courant subitement vers la porte de sortie.

Salisca se tranquillise et respire profondément.

« Tout à fait à toi, toujours irrésistible. »

- que dirais-tu d'un repas familiale ? J'avais pensé toute la nuit, et je me suis dit qu'il fallait te le dire afin de pouvoir me donner ton avis ! Marmotte Salimaha debout par devant la lave-vaisselle. Il était assis sur le gazon vert de la maison, là où, lui et sa femme passaient juste un petit moment avant de rentrer dans le salon, et quand il passa à côté de son épouse, elle lui faisait signe de s'approcher, puis il s'arrêtait pour la caresser auprès de la petite table du cuisine, d'où elle faisait un peu de ménage à côté du four.

- j'ai bien compris ce que tu viens de me partager, disons que, cela pourrait être possible si toute fois j'ai trouvé un boulot d'abord et ensuite, je prendrai la moitié de mon premier salaire afin de pouvoir t'aider à organiser un grand repas pour invité nos parents, disons aussi, ceux qui n'en veulent pas à notre mariage. Répondit le monsieur qui écoutait sa femme d'une grande attention. Il ne voulait pas être opposé à la demande de son épouse, mais, il ne voulait pas aussi qu'elle vide tout ce qu'elle avait comme revenu.

- tu sais comme toujours, tout ce je j'ai est à toi, même si cela demandait beaucoup de dépenses, ça ne fera aucun risque ! Tu comprends ?! Et pour le boulot, je parlerai au docteur et sur ce, je crois que nous aurons une réponse très rapide. Disant cela, elle avait l'air très inquiétée par rapport à cela, mais, était sûr que tout seront bien à leur place.

- dans combien de temps penses-tu que tu pourras me conduire chez le docteur ? Même si j'irai au cours, cela n'empêchera pas que je me concentre sur le boulot, c'est très important pour moi et notre maison, d'ailleurs, je pourrais même organiser un petit festin pour ton anniversaire ! Pas sans argent ! Avait ajouté Danylan qui sourit, et rit légèrement.

- ne te fais pas de soucis, comme je te l'ai déjà dit, j'arrangerai tout! Et pour le véhicule, demain nous irons dans un magasin mais avant, nous passerons à la Banque pour pouvoir faire un petit retrait et ensuite, nous irons ! Répondit-elle à son époux, ils étaient tous les deux comme deux enfants orphelins, ils avaient des étapes de la vie, celles qu'ils ont vécu durant leur premiers instants amoureux, ils avaient oubliés la guerre du passé, celle qui a faillit mettre leur foyer en divergence. Non de Dieu! Il ne fallait pas quand même oublié ça ! Salimaha se rendait compte qu'ils avaient mis quelque chose dans le panier de l'oublie, et oui! Le bébé ! Elle avait ressentis un petit geste qui faisait aller et retour, monte et redescend, comme des vagues du printemps foulé par le vent qui ne cesse de siffler.

- ça y est chérie, j'ai l'impression que notre bébé grandit. Je ressens de petits mouvements et ça fait du vas et viens. Ennuyant les verres qu'elle avait terminé de secouer dans un peu d'eau propre et clair, elle était toujours sous l'emprise de son amant, lui qui, la serre corps à corps et les mains traversant la ceinture du jeune dame au cheveux roux écarlate.

- c'est bien mon amour ! C'est notre premier bébé et ça fait du bien de savoir qu'il se montre très présent. Oh! Je compte faire quelques achats pour l'arrivée de notre bébé, je ne connais pas tout les petits détails mais... Je pense que tu pourras les noter afin que je ne puis rien oublier.

- c'est déjà trop tôt mon chéri ! C'est pas encore le moment pour penser à ça mon cœur, tu comprends ? Il faut d'abord qu'on trouve une solution au problèmes que confrontent nos parents, Surtout les siennes.

- je vois où tu veux en venir, mais laisse moi te dire une chose, nos parents ont déjà eu leur vie, même si il y a quelques d'entre eux qui sont toujours envieux contre nous, je crois que l'essentiel c'est d'arriver à leur montrer que notre amour n'est pas faux, les faire savoir que nous avons nos droits de vivre et d'aimer ; tu sais, nous devons agir de façon à pouvoir faire apparaître une image en quoi tout le monde peut tirer leur propre leçon, d'ailleurs, le plus important dans tout ça c'est notre foyer.

Salimaha tourna la face vers son mari avec une grande sourire aux lèvres, toucha ses joues, puis l'embrassa tout à coup.

- il faut que j'aille prendre une douche, après cela nous partirons toi et moi.

- tu veux m'emmener où mon ange ? Je ne pensais pas que tu voudrais sortir aujourd'hui, c'est quelque chose de spécial ? Lui demanda t-elle en lui caressant la barbe, yeux dans les yeux, calme sous le toit du fauve attirance qui dégageait de la maison qu'ils réside.

- spécial ! Mais écoute, s'il y a quelque chose de plus spéciale dans ma vie c'est toi et ce ne sera rien et personne d'autre. Répondit le jeune marié qui parlait d'une voix basse et tendre.

- bon, d'accord ! Si tu le souhaite, ce serait avec plaisir. Lui avait-il répliqué.

Après un long moment, il était aller se reposer dans la chambre en attendant que son épouse vienne après la cuisson.

Plus tard, il était un peu relou mais, il savait que sortir avec sa femme demandait juste un petit détail, un peu d'argent et ça ira pour une très bonne promenade, soucieux, il avait fait du réserve de ce que le prête de l'église lui avait compenser pour la cérémonie qu'il lui avait demandé à l'aide, il était le seul à savoir cela. Pour lui, il savait qu'après toutes ces instants, n'importe quel problème pourrais y faire face, de ce fait, il pensait étant que homme, même s'il n'y avait pas beaucoup, mais, après tout, il pourrait agir et faire les premiers actions avant de demander de l'aide à quelqu'un d'autre. Il prend juste un peu d'argent avec lui et partit, lui et son épouse.

Arrivant au sur la place, sa femme était prête pour lui donner de l'argent pour pouvoir se faire plaisir et pour ne pas se sentir mal à l'aise, mais il refusait, et lui avouer qu'il en avait un peu et lui expliqua tout ce qui concerne cette argent. Son épouse était très contente et lui avait promis que bientôt il n'aura plus à penser qu'il aurait besoin de l'aide de personne, d'ailleurs, ce n'était que le début de l'histoire. Avoue t-elle avec simplicité.

Elle avait l'esprit ferme pour comprendre son époux et lui demande de ne pas s'en faire et désormais, il n'avait pas à lui faire des secrets, par ailleurs, elle sait que les autres sont là pour regarder et critiqué les couples quand la situation tourne mal et dégénère, elle avait aussi compris qu'il était bien plus soucieux de ce qu'elle pouvait en croire. Delà étant, ils avaient besoin d'un appui technique aux fins de ce qui concerne la mortalité maternelle et paternel ; mais, ce n'était pas un trop grand problème pour les amoureux.

- Mon amour ! Je suis très heureuse que tu aies autant d'énergie pour penser à ce qui pourrait arrivé en des moments inattendus, tu sais, je veux rester franche, tenace et irrésistible; peut importe ce qui pourrait arrivé sur notre chemin, je sais que j'ai un mari qui connaît les besoins de sa famille et qui pourrait même donner sa vie pour la sauver de tout les dangers de la vie. Avait racontée la belle épouse qui se plaît de pouvoir contempler le comportement de son mari aimé.

- cela me rend tellement fort mon ange que je ne sais même pas quoi te répondre, mais, écoute moi, je suis très fier d'avoir une telle femme dans ma vie, tu es mon bonheur parfait et je t'aimerai toujours ma chérie. Répondit-il en marchant calmement attaché à sa femme doigts pliés dans les doigts.

Salimaha tourna vers lui, arrêta de marché et lui fixa tendrement, elle sourit et son cœur battait à l'échappe.

« une histoire s'achève et l'amour, jamais. »

Quelques années plus tard, il faudrait que la vie puisse faire voir de nouveau moments à ce couple qui s'aimait et qui se montrait si bien courageux face à tout ce qui survenaient à leurs égards.

- Danaliha! Dana ma fille ! Cria Salimaha, debout par devant le four d'où elle faisait cuire de la crêpe salée pour sa petite fille qu'elle enfanta après des mois de silence. Son époux allait travailler et elle comptait l'heure de son arrivée, afin de pouvoir lui préparer après avoir terminé pour sa fille.

La petite jouait dans le salon, quand soudainement, elle rejoignait sa mère qui lui appelait de sa voix fine et inquiétée.

- ma.. Man! Répondit l'enfant qui courait vers se mère.

- écoute moi ma fille, je n'aime pas quand tu t'éloigne trop de moi, il y a beaucoup de danger, tu vas rester auprès de ta mère d'accord ? Tu vas t'asseoir sur ce fauteuil en attendant que ta mère te sert ton petit repas. Tu dois rester sage et obéissante d'accord ?

- maman je veux voir papa! Cria la petite, son visage enfantin penché sur son épaule, ses deux joues rondes étaient comme des ballons par quoi elle exprimait sa tristesse.

- mais ! Je t'ai dit que papa va bientôt être à la maison, il ne faut pas que tu t'inquiètes ma puce, viens, fait moi un câlin ! Viens ! La petite était triste parce que son père lui avait gâté en jouant presque toute la journée avec elle avant qu'il avait été engagé par le travail, entre autres, ce n'était pas sa faute, mais l'amour d'un père pour un enfant ça comptait beaucoup pour elle.

La petite gagna le fauteuil et resta calme quelques secondes avant que quelqu'un puisse frapper à la porte.

Toc! Toc! Toc! Papa! Cria l'enfant qui s'émerveilla sans avoir eu la moindre hésitation.

- c'est ouvert mon amour. Répondit la jeune maman, responsable et soucieuse.

Tout de suite s'ouvrit la porte, un visage autre que l'époux apparaissait.

- grand-père! Cria la petite qui cours subitement vers lui.

- papa ! Mais ! C'est une surprise ! Qu'est-ce qui t'a amener ici? Salimaha se sentit rempli de panique, elle ne savait pas que son père lui rendrait visite un jour, à cause de cela, elle avait peur que ce soit pour un scandale ou juste pour provoqué son mari, qu'il avait humilié devant elle et sa mère.

- haha ! Tu n'es pas contente ? Ne me dit pas que tu sois toujours fâchée contre ton père ! Ajoutait l'homme au barbe blanchit.

- pas du tout ! Je suis... Très surprise ! Allez! Assieds-toi. Comment as-tu pu retrouver la maison ? Avait-il été interrogé par sa fille. Hérold, après avoir fait des déclarations contre le mariage de sa fille, avait pris conscience qu'il avait fait un mauvais traitement à sa première fille, il avait réfléchi et maintenant, il décide donc de venir vers elle pour lui demander des excuses.

- et bien... Comme tu pourrais le voir! Répondit-il à sa fille, qui essayait et faisait quelques arrangements avant de se remettre au four. Quand vous étiez venus à la maison, je savais que même pour l'enfant, je pourrais vous demander l'adresse exacte de chez vous, mais je n'avais pas assez de courage pour le faire en face de ton époux. Puis, je me suis dit qu'il fallait trouver un moyen de venir voir le bébé et parlé avec vous au sujet de ce qui était passé, et j'ai parlé à ta mère, convaincue, elle m'a donné l'adresse et je suis venu sur ma voiture.

- c'est.... Fabuleux ! Parlant d'excuses, pour moi c'est du passé, il n'y a que le présent qui compte maintenant, et si tu me demande si je t'ai pardonné, ne t'inquiète pas je l'ai déjà fait, et mon mari aussi si je ne m'abuse pas.

Pendant la conversation, la porte ouvrit une seconde fois.

- Coucou ma fille ! Où es-tu mon amour ? Cria Danylan en rentrant dans la pièce.

- papa! Papa! L'enfant était appuyé sur son grand-père, courut pour aller rencontrer son papa.

- Ah! Bonsoir la maison. Lança Danylan surpris de voir le père de sa femme chez lui. Il n'avait pas rancune pour lui, mais la surprise à eu son effet.

- Salut mon amour ! Répondit Salimaha qui courrait se jeter dans les bras de son époux.

- bonsoir fiston. Voyant son beau-fils, il éprouvait de la crainte et il n'avait pas l'air trop confortable non plus. Ils se sont touchés par la main, puis, le jeune marié se rendit tout de suite dans sa chambre. Mais, sa femme lui suivait et lui avoue que son père était juste pour se faire des excuses.

- des excuses ! Mais pourquoi ?! Je croyais que c'était du passé !

- écoute mon amour, tu vas te rhabiller et nous retrouver dans la salle à manger, d'accord ! Lui suggère la dame aux cheveux longs, elle portait ce jour-là, une robe rouge et elle était très ravissante avec ses sandales blanc.

Danylan retourna dans la salle comme l'avait suggérée sa femme, portant sa petite sur ses bras et la secouant doucement.

- écoute mon fils, je suis...

- non m3onsieur Hérold, c'est pas la peine. Je comprends ton inquiétude, mais moi et ma femme nous avons tous fait passé dans le chaudron! Alors, s'il y a quelque chose d'autre, je suis prêt à l'entendre; mais après tout, vous voulez du jus ? ou d'eau fraîche ? La nourriture n'est pas encore prêt comme tu pourras le constaté alors.... Du bière ? Lui proposa Danylan, debout avec sa petite assise sur ses bras.

- humm... Du bière ! Cela me consolera.

- parfait ! Alors, on va prendre quelques verre pour la première fois, c'est... Rassurant. Il prit deux bières, sert son beau-père et ensuite, il posa sa fille et s'assit à la table.

- comme j'ai manqué à votre mariage, alors j'ai décidé de vous faire un grand cadeau, étant donné que vous avez fait preuve de très bons enfants, après que vous ayez terminé, nous partirons quelque part. Marmonna Hérold qui semblait être débarrasser de sa charge.

- Ah oui papa ! Tu vas nous emmener où ? Ne me dit pas que c'est chez toi ?!

- mais non ma fille! Dans un magasin de fournitures ! Leur avait-il répondu.

- vous êtes sérieux, monsieur Hérold ? Lui demande Danylan surpris par ses phrases que prononça son beau-père.

- je suis un adulte, et pourquoi je vous mentirais ? Je vous droit ce geste et surtout, ma fille que j'aime beaucoup.

Salimaha regardait son père, calme, elle tourne le regard vers son époux, lui fit un geste avec l'épaule droit puis, sourit comme d'habitude.

- où est la motocyclette mon chéri ? Ne me dit pas que tu la garé près de la rue ! Lança Salimaha après un moment de soupçon.

- bien sûr que non ma chérie ! Elle est au garage, juste à côté. Lui avait-il répondu.

- d'accord, je voulais juste m'assurer que tu ne fait pas négligence tu sais.

- oui mon amour, je sais.

Ils continuait de tapoter ensemble comme s'ils étaient réuni pour la première fois depuis la cérémonie, quelques instants après avoir terminé le repas, ils se préparaient à partir pour aller découvrir ce cadeau inattendu.

«Les cinq ans de Danaliha, rouge écarlate»

La famille se portait gaiement grâce à cette femme responsable qui s'avait aimé sans vouloir et rire, mûrir dans son silence. Leur fille avait leur cadence comme si Dieu avait pris un morceau de chacun d'eux pour pouvoir la créé.

Ses cheveux longs comme sa mère, rouge grenat comme un pomme qui mûrit lentement. Ils avaient un grand amour pour leur enfant, très précisément, Danylan avait du mal à passer ses journées hors de sa famille, pour cela, il utilisait son téléphone quand il avait un moment de repos pour parler à sa femme et sa petite fille qui, ce jour-ci allait avoir ses cinq ans.

Dans la matinée, Son épouse lui conseillait à passer dans un magasin pour trouver quelques objets qui pourraient être utilisés pour la fête de leur enfant. Danylan, lui, il avait les yeux presque cousu à cause de la fatigue qui le secouait fort comme s'il avait plongé dans l'océan et laisser son corps abattre par des vagues agissantes.

Ses objets, telle que ; la table de nuit, leur nouveau réfrigérateur qu'ils avaient eu en cadeau par Hérold, il lui fallait presque toute le nuit à mettre toutes ces choses en ordre avant qu'il ait retrouvé le temps de se reposer. Par contre, il n'avait pas le choix, mais heureusement, son beau-père lui avait encouragé à ne pas se faire trop de soucis pour les arrangements, puisque lui et sa femme, étaient prêt à donner leur soutien pour préparer un bon moment en famille, même s'ils avaient besoin d'argent il était prêt pour dépensé ce qu'il pouvait. Le jeune homme avait réfléchi et se disait qu'il ne fallait pas qu'il soit mis en déroute à cause de l'argent et même pire, pour éviter que des injures soient porté contre lui parce qu'en effet, certaines fois, les parents pensent avoir le droit de faire tourné tout ce qu'ils veulent parce-que cet homme et sa femme dépensent et donnent leur soutien à leurs enfants. Une seule personne peut changer toute la situation de la famille, et cette personne là, c'est moi. Se disait-il en réfléchissant profondément.

- dis donc mon amour, je pense que nous devons faire en sorte que toute la famille soit bien réuni, et pour cela, je pense qu'il est nécessaire de mettre une table près du gazon, comme ça nous aurons assez d'espace pour tout le monde, et sans oublier, mon ami sera là aujourd'hui. Avait-il proposé à sa femme qui lui caressait les épaules.

- c'est une très bonne idée ! Je pense moi aussi qu'il nous faut une très belle gâteau pour notre chère petite princesse. Répondit Salimaha de sa voix fine, portant sur elle, une robe de nuit rose et portant une coiffure très particulière.

- j'avais pensé mon amour, je passerai dans le pâtisserie du "MEVA" après avoir terminé mon travail, mais après tout, il faut donc que toi aussi tu ailles choisir une jolie robe pour notre petite fille, je ne pourrais pas moi-même le faire, tu le sais ça. Ajouta t-il à sa conjointe.

- bien sûr ! Dit donc, quelle couleur penses-tu qui sera plus bien présenté pour ce soir ? À mon avis, je pensais au couleur de notre mariage. Marmonne Salimaha en tournant le regard vers le ciel.

- humm, d'après moi le grenat est une très belle couleur, je pense qu'il serait plus approprié pour la fête de notre chère petite. Il faut donc que j'aille maintenant, l'heure me fait la guerre. Danylan se leva et donna un court baiser à sa femme.

- comme tu veux ! Notre enfant sera bien ravie de porter cette couleur, je le pense. J'ai déjà préparée la table, je vais chercher Danaliha dans sa chambre.

Après que Danylan eu sorti de la chambre, il allait faire un grand toilette avant de pouvoir se mettre à table, leur petite fille avait le visage rempli de sourire parce que sa mère lui avait parlé à propos de son anniversaire.

Après quelques instants, Danylan sortir de la maison, prit son casque et allait prendre la motocyclette pour se rendre au boulot. Il s'était habillé comme les motocyclistes qui faisaient du va et vient dans la sans qu'ils aient besoin.

Salimaha et sa fille, étaient restées à la maison, mais cependant, elle avait à appeler sa mère pour une demande très précise. Salisca était prête à donner son soutien à sa fille, après que sa fille ait parlé avec elle pour les préparatifs de la fête, une autorisation de la part de son mari lui était très honoré. Quelques heures plus tard, après que la mère de Danaliha fût retournée à la maison, elle était parti avec elle pour lui procurée une robe à l'occasion de son anniversaire, rouge grenat comme son père l'avait proposée, la petite était très heureuse de pouvoir constatée que sa mère lui avait acheter un très jolie cadeau pour la fête. La jeune mariée commençait à faire les décorations, quand soudainement Salisca sonnait à la porte. Elle avait laissé tous les fleurs, les ballons rouge grenat comme celle de la robe de sa fille, elle va y avoir cinq ans et pour cela il fallait marqué ce jour, faire de jolies photos, se couvre d'un moment fragile et symbolique. Ouvrant la porte à tout croire que c'était quelqu'un auquel elle avait demandé un coup de main, Hey ! S'éclate Salimaha d'une forte surprise. Elle embrassait sa mère, sa sœur et son père qui leur avaient conduit en voiture et ils avaient apportés tout ce qui pouvaient rendre la soirée plus belle et plus agréable.

Ils ont également tous mis la main à pouvoir se rendre utile pour la décoration de toute la maison; sans tarder, la porte sonnait une deuxième fois, et cette fois, il s'agissait de la mère et du père de Danylan, qui étaient très content de voir leur petit enfant qu'ils avaient vus depuis qu'elle avait un ans. Tout le monde se réjouissait et ils se mettaient ensembles pour préparer le tout pour la fête et le dîner familiale.

Dans l'après-midi, Danylan avait achevé sa journée de travail, comme lui avait demandé sa femme, il avait passé au pâtisserie, et choisissait un gâteau très succulent et bien décoré, il avait dessus, une bougie qui marquait les cinq ans de son enfant et avait choisi un décor qui avait la même couleur font il avait proposé à sa femme; quand il était revenu à la maison, il était surpris de voir tout le monde en moment de toute part pour les préparatifs de la fête.

Son épouse au yeux dorés, lui demandait de ne pas se fatigué trop et que tout le monde se mettaient avec elle pour les préparations. Et quand il vivait cette réalité, Danylan n'avait pas de courage de rester inactif, il se demandait ;Est-ce ainsi qu'il fallait que tout soit commencé ? Il se rappelait de quelques moments qu'il avait vécu dans sa vie, et à ce moment-là, il avait l'impression d'être un roi et que tout le monde l'avait apprécié après avoir montré son courage et sa pudeur. Il avait, comme il devait le faire, appris son métier et il réfléchissait dans les jours à venir à renoncer de son boulot afin de travailler avec sa capacité elle-même, cependant, Hérold, son beau-père, se préparait à lui proposer quelque chose d'autre, entre autres, il était le seul à pouvoir choisir s'il devrait donner la possibilité à son beau-père ou continuer comme il l'a sous-entend, mais après tout, que la fête commence !

Plus tard, les lumières éclaircies toute la cour et la maison était brillée et ornée par la couleur rouge éclatante qui frappait au décor de la maison ; la famille se rassemblaient autour d'une table et la musique en faisait le rythme de la durée de toute la soirée. Sûrement, ils étaient tous pour une soirée complète jusqu'à la matinée, pour cela, l'épouse conséquente avait préparée des draps et quelques autres fournitures qui pourraient en faire l'occasion. Danaliha portait sa robe rouge de cerise, comme son jolie sourire qui avait donné la vie entre les deux familles qui avaient données le meilleur d'eux-mêmes afin que la soirée puisse être une réussite pour leurs enfants. Rolex, l'ami de Danylan, ne pouvait que passer quelques heures avec eux, et quand l'heure s'avançait de huit heures, il devait quitter la maison pour se rendre chez lui. Comme il n'avait pas de moyen de transport, Danylan s'est usagés comme un vrai soldat de la nuit pour aller déposé son ami ensuite, il était retourné pour continuer ce moment magique et spécial qui lui avait marqué toute la vie. Qu'est-ce qu'il pourrait dire pour l'avenir de sa famille ? Il était un peu inquiété par rapport à sa force, mais, la petite voix intérieur lui avouait qu'il était bien plus fort que ce qu'il n'avait pas imaginé, que sa femme était une épouse fidèle, courageuse, sa qualité avait donné un éclat d'une femme précieuse et sans défaut c'est pourquoi son sourire reste et demeure éternelle dans tous les moments de la vie. Pour lui, il n'y avait pas d'autre femme comme celle-là, tout au fond de son cœur il y avait que des chansons d'amour, des accords mélodieuses qui lui permettait de voir sa femme rouge écarlate.

« On achète pas l'amour car son sens est unique. »

Trois mois plus tard, Danylan avait trouvé un autre visage, son corps d'homme de main Dieu est devenu encore plus robuste qu'il en était avant.

Son visage devient souple exemple d'une tortue qui rajeunit malgré tout les voyages inoffensifs qu'elle a vécue dans les profondeurs marin.

Une matinée d'automne, le jeune monsieur devrait aller passer un moment avec sa famille, compris sa femme, sa petite fille et lui - il faisait un beau temps très particulier par rapport aux jours écoulés, le soleil brillait sous les vents aisés qui traversait l'Orion. Le calme était partout dans la ville et les activités se déroulaient pratiquement bien dans tout les secteurs.

Comme tout les matinées à l'accoutumée, la jeune épouse s'est levé de très tôt afin de pouvoir préparer la table familiale pour un déjeuner très savoureuse. Elle avait préparée du café, d'œufs frites et du pain et du fromage pour sa petite fille qui adorait ce contenu qu'elle avait placée au menus matinales.

Comme tout le monde étaient à table, Danylan regardait sa fille d'un œil soucieux et sa femme qu'il la dérobait des yeux après avoir ressentis une forte émotion qui lui avait donné le sentiment d'être à une place que beaucoup d'autres ont essayé de lui faire passer au coin du mur, par les regards profond de sa femme, il ne pouvait se sentir mieux qu'avec sa petite famille pour laquelle il avait pris la décision de travailler durement afin de pouvoir comblé tout les espaces qui pourraient peut-être lui servir de reproche un jour quelconque.

Salimaha, toujours d'un sourire qui ne s'éloigne en aucun instant dans sa vie depuis qu'elle avait choisi de portée cette bague et ce cadeau qu'elle avait donné à son plus adorable amant qu'elle n'a jamais su ni espérée éloigné un jour dans sa vie, c'était bien la même chose pour Danylan, mais les obstacles, ont ne peut pas les empêcher de nous atteindre et pourtant une seule chose est sûre, on peut tout fuir ou combattre quand on est destiné à tout donné.

- pourquoi ce regard? Interroge la jeune amante qui s'assure de bien broyé son morceau de pain au beurre qu'elle dépose après une bouchée, elle embrassait sa tasse de café au lait qui parfume la pièce bien aérée.

Comme il allait prendre une gorgée de sa tasse, il la dépose soudainement et lança un sourire généreux et rose. Il avait un maillot blanc qui contenait une spirale bleuâtre et il portais u' jeans bleu qui venait tout juste de prendre de ses habits neufs du tiroir.

il avait le visage neuf comme un élément de verre qui venait d'être reconstruite, sa femme ne pouvait pas se montrer combien elle était contente de voir cette nouvelle version de son mari et son posture qui devenait de plus en plus séduisant à son égard, il avait la cadence d'un athlète qu'il n'était pas en réalité, mais il avait cette expression qui le faisait ressembler à ce mode de coureur ou d'un sportif quelconque. Elle se rappelle la dernière fois qu'ils avaient eu leur dernier contact physique, c'était comme une source qui venait d'échapper d'un versant intrépide, avec ce physique que développait son mari par rapport à son travail, elle se disait sans doute qu'il fallait que son mari change de poste et qu'il s'adapte à une activité de sport, ce qui serait mieux que de travailler dur toute la journée. C'était précisément ce qui allait se passer, au contraire, Danylan avait préféré un jour d'avoir son nouveau poste au bureau de son beau-père, parce qu'il travaillait au soir à l'hôpital même si que ce n'est pas tout le temps et à l'entreprise la journée.

- tu sais bien que ni les orages, ni les tempêtes qui ont menacées notre relation ne peuvent changer ce que je ressens pour toi mon amour. Tu es une rose que ne souhaite fanée un jour, une lampe pour me guider et toi mon secours, je veux chaque jour fait de toi un poème, je te veux chaque instant à mes côtés juste pour fuir les désirs de bohème. J'ai l'impression que si tu n'existait pas, je ne serai qu'un moins que rien de ce monde; notre petite fille, elle qui nous a donné cette flamboyante flammes d'amour, qui ne cesse comme l'encens fait monté ses désirs velours ; je parce que je t'aime et tes yeux me rends fou pour toi ma chère bien-aimée.

Avec le cœur explosé, Salimaha avait l'impression de devenir une reine, quelqu'un qui n'avait qu'à apprendre à connaître une nouvelle manière d'apprécier son mari. Ses deux bras appuyés sur ta table, elle ne savait pas comment s'exprimer afin de faire valoir cette flammes qui poussait avec volupté menaçant sa conscience vive à cet instant-là.

- que c'est magnifique mon amour ! Clame t-elle, souriante comme toujours.

Des larmes coulèrent sur ses joues roses, ses sentiments lui avait mise dans le train de la réalité, elle se rencontre que jour après jour la confiance qu'elle a toujours vouée à son mari ne peut guère être changer avec le temps.

Des ses cheveux rouge écarlate, elle devait se sentir de plus en plus forte, et ces mots étaient si réels qu'elle ne pouvait pas se retenir. Elle tire la main vers son mari, caressait sa paume et exprimait ses sentiments.

- mon amour, je sais que tu es un homme de courage ; combien de guerre grâce à toi j'ai réussi à surpassée, comment te remercier pour le bonheur que tu m'as retracer ? Mes parents ont certainement essayés, mais au bout du chemin je suis devenue insatisfaite, et quand tu m'as donné cette anneau, je suis devenue la femme au monde la plus complète. Que jamais rien ne nous donne du dégout simplement parce qu'on a pris la décision de nous unir pour toujours, que le reste demeure un éternel amour.

La petite souriait sans avoir la vraie idée de ce qui se discutait, mais ce n'était pas ça le plus important, par contre, c'est de voir de père et une mère qui s'unissent en dépit de tous les malgré du temps.

- aujourd'hui nous allons passer une superbe journée ! Qu'en dis-tu Danalia? Lança Danylan, regardant sa petite qui se lèche les mains pleines de fromage.

- Papa! Maman dit qu'on va aller à la plage ! Cria la petite fille dans sa robe rose, ses yeux ronds comme des bulle plastiques, les rétines marrons comme ceux de sa mère, son visage arrondis plein comme une balle et ses cheveux roux ressemble à du fer rouillé par l'eau salé de l'océan.

- c'est tout à fait ça m'a chérie, ton père va nous emmener au bord de la mer pour une superbe journée de Piquenique ! Waouh ! T'es contente ? Demande Salimaha à la petite qui donne le visage rouge d'une sourire enfantine très sublime.

- oui! C'est exactement ça ! Nous n'allons pas en moto bien sûr ! Mais j'ai emprunté une jolie voiture pour notre belle journée ! Alors la famille est avec moi? Il a demandé. La petite Danaliha et sa mère avait répondue qu'elles étaient prête pour cette journée si spéciale, et d'un coup, elles étaient allées à la recherche de leurs habits de bain afin de se mettre à bord.

Quand la jeune épouse se préparait à sortir, son ami Tuliphie lui a appelé pour savoir s'ils étaient tous à la maison, comme ils allaient partir, elle se tenais à la prévenir qu'il n'y aura personne dans dix minutes après. Cette femme drôlement perturbatrice à également demander de participer avec eux et qu'elle s'y attendait un moment ainsi, comme il s'agissait d'une amie proche de Salimaha, elle avait été mise d'accord et elle l'avait dit qu'elle les retrouvera sur la plage parce que la distance entre chez elle et la petite famille était un peu trop longue pour arriver dans dix minutes, de ce fait, ils prirent le chemin jusqu'à la destination finale.

Quelques minutes, dont 20 minutes environ, la famille était déjà sur le sable, le soleil gardait sa forte chaleur et le rivage était un peu moins dense à ce moment-là. Danylan s'avère qu'il avait vu le jour le plus parfait de sa vie, sa petite fille au milieu et sa femme, ils marchaient au calme malgré les bruitages des autres qui se penchent sur leurs affaires. La famille était heureuse, loin d'être paniquée par quoique ce soit ; après un demi-heure de promenade, Tuliphie était au pas en se dirigeant vers eux, elle portait un sourire jaune et méfiant sur son visage. Comme presque tout les gens, elle avait un bikini rouge qui contenait des fleurs blanches et bleuets, contrairement à Salimaha, qui portait la couleur verte nordique comme celle de la nature qui donne l'envie de vivre au brave passant qui se donne pour mission de vivre sous les arbres verte de la forêt.

- je vous trouve enfin ! Cria t-elle d'une sourire traître et méfiant. Elle embrassa son amie qui était très contente de la voir, ensuite la petite et enfin celui à qui elle s'en veut tellement comme un trésor qu'elle souhaiterais voler un jour.

Personne n'a pu imaginées rien de faut ou de contraire, car à ce moment, tous le monde était heureux et se mettait à baigner comme des tortues qui se mette pour la première fois après leur naissance, dans l'eau vive et si fraîche que la rosée.

Quand tout le monde baignait, Danylan avait pris sa fille et la mette sur son cou, cependant, sa femme était entrain de baigner à quelques distance d'eux. De temps en temps, la fille au cheveux noirs et son visage ovale de son nez retroussé, lui fait des petits regard afin de pouvoir lui faire passer un message, ce qu'elle a voulu lui dire depuis le jour où son amie était accidentée et qu'il avait refusé d'entendre. Danylan, un peu paniqué, avait compris ce complot, mais préférais ne rien dire tout en faisant semblant de n'avoir rien compris. Après un dizaines de minutes, il était sortit avec sa fille, il avait besoin de se dégager dans les coins, se faire un petit besoin physiologique - de part et d'autre, Tuliphie avait constaté son départ, elle avait décidée de laisser Salimaha qui se baignait au froid et le suivi sans se faire remarquer.

Quand Danylan sortit et allait rejoindre sa femme et sa petite fille qu'il avait laisser sur le sable en fabriquant de petites tours et des dessins, il sursaut au croisement inattendu à cette fille pervers qui lui avait mis des doutes à l'esprit et qui, malgré tout avait accepté qu'il ne s'agissait qu'une amie de sa femme et qu'il en devait respecter le droit de sa femme.

- surpris ! Lui dit-elle en souriant. Elle avait bloqué l'entrée à la petite porte qui avait donné accès à cette partie de la plage qui était au service de tout le monde, mais, était divisé en plusieurs parties, chacun pouvaient utiliser une partie pour ses besoins.

- je ne comprends pas ! C'est pour homme ! Et que fais-tu ici? Je pense que ta place est juste à côté ! Lui indique Danylan, serré dans sa peau et douteux par cette surprise.

- écoute mon beau, je n'ai nullement besoin d'y aller dans les toilettes pour femmes, j'ai simplement besoin de te voir à deux, te parler d'un petit secret que j'ai longtemps essayé de tenir dans mon cœur. Elle a répondue, Tuliphie.

- tu es sérieuse ! Mais... Ne me dit pas que tu es venue juste pour me mettre dans tes filets ! Franchement tu es malade. A répondu Danylan, qui secoua la tête. Visiblement il était nerveux, mais il avait préféré de parler à voix basse afin de pouvoir éviter le scandale.

- je veux que tu sois à mes côtés, je voudrais être ton amour et toi... À m'aimer plus que cette idiote ! Balança t-elle nerveusement. Le doute était entrain de devenir un fait réel, Danylan se rendit compte qu'il ne fallait pas accepter de donner feux vert à sa femme pour qu'elle puisse invitée son amie avenir avec eux.

- ce n'est pas une très bonne chose ce que tu es entrain de faire et tu le sais. Réplique t-il en lui tirant un petit droit au visage. Alors tu va arrêter avec tes trucs et va!

Mais la jeune fille n'avait aucun problème de rester et de faire éclater sa discussion, elle ne voulait qu'un mot pour qu'elle puisse se sentir satisfaite.

- mon p'tit chou, je ne n'irai nulle part tant que tu ne m'aurait pas avouer que tu va être mon petit ami, même si que... Tu es marié avec cette folle..

- ne traite pas ma femme de folle ou d'idiote est-ce que tu as compris ! Arrête tes foutus plaisanteries et laisse moi passer! Danylan était si nerveux qu'il avait donné un visage très menaçant, il avait changé comme un loup qui s'est mis se déchirer lui-même.

- tout doux mon bébé ! Je te donnerai autant d'argent que tu voudras, seulement pour m'aimer et venir vivre sou ma couverture. Le jeune époux avait très étonné de cette folie et le jeux que jouait Tuliphie lui avait drôlement excité - il avait le courage de se tenir devant elle " désolée ! Mais on achète pas l'amour et si tu en l'intention, trouve toi un marchand ailleurs. " il avait répondu avec beaucoup de brutalités, et à la fin, il poussa fortement la jeune fille qui comblait la rentrée, la bousculant sans la frapper pour laisser un dommage et s'en alla auprès de sa fille et ensuite rejoint sa femme dans la mer qui mugissait par des flots que le vent de l'Orient était certainement à l'origine. Sans dire un mot à sa femme, il faisait semblant de se sentir à l'aise, mais il était remplis de panique et était très blessé par ce mauvais comportement.

« Enlèvement subite, l'amour se fond. »

Après avoir passé une journée à bord de mer, Le jeune époux allait reprendre ses activités de travail et commençait les journées durement épuisées par les rapports communes des secteurs public.

Avec Tuliphie, elle avait disparue sur les rivages, en effet, elle était partie avec un rigueur très sadique et nerveuse. Salimaha n'avait rien compris de ce qui se passait autour d'elle et elle avait un peu paniqué parce que son ami était partie sans même avoir l'avertir, quand à Danylan, il était content de ne plus voir ce visage et il s'était repris après quelques heures avant de pouvoir quitter la plage.

Salimaha était seule à la maison, elle repassait quelques habits pour les accrochés au penderie de leur chambre et sa fille, son père l'avait emmener dans un jardin d'enfants afin de pouvoir commencé ses activités éducatives. Elle leurs avait préparés un bon petit déjeuner et du jus de citron, ensuite, elle avait préparée sa petite fille avant de la remettre à son père qui se rendait au travail sur sa moto tout les matins, sauf le samedi et le dimanche qui étaient des jours fériés.

Quand était arrivé l'heure pour aller chercher sa fille, comme d'habitude, le père l'emmène et la mère allait chercher l'enfant. Quand elle était retournée avec la petite, elle avait appelé son mari pour lui dire que leur enfant avait eu une très bonne journée et qu'elle lui avait préparer son dîner préféré; mais, le téléphone avait sonné sans réponse. Elle était devenue inquiète, et elle se dit que peut-être que son mari était trop occupé pour répondre à l'appel et qu'il ne fallait pas persisté afin de ne pas pouvoir l'embêter. Choc! Ce n'était pas le cas, les choses se compliquent aujourd'hui ! Cela fait presque toute une journée que nous n'avons pas vu ton mari venir au travail aujourd'hui, est-ce qu'il va bien? C'était un message laisser par son père, il était le patron et son beau-fils travaillait après lui dans l'entreprise.

Salimaha se mettait à tourné dans toutes les chambres, sa tête était remplis et elle avait durement touchés par ce message qui lui avait mise sur le choc terrible. Après quelques minutes de réflexions, elle avait décidée d'appeler son père et l'avouer qu'il était parti travailler de bonnes heures et qu'elle lui avait préparer son petit déjeuner après cela qu'il avait déposé sa fille au jardin d'enfants.

Son père avait trouvé ça un peu suspect et qu'il ne pensait pas que son beau-fils aurait pu lui faire une telle chose pareille.

La jeune mariée était devenue inconsolable, elle pleurait et se cachait pour que son enfant ne puisse pas la remarquer. Elle avait décidée ensuite d'appeler Rolex qui était stupéfait, il ne savait rien du tout et il a déclaré qu'il n'avait pas vu son ami depuis quelques mois. Elle pressa les boutons et appel les parents de son mari, mais tout le monde n'avait qu'une seule réponse " on ne l'a jamais vu après votre visite. " c'est quoi ce bordel ! Cria Salimaha sous ses yeux remplis de larmes.

Elle avait décidément mis frein à ses pleurs pour quelques heures, peut-être qu'il sera rentré avant la nuit et qu'il sera le dire où il était passé. Avait réfléchi le femme au cheveux roux couleur de tomates. Elle était allé retrouver sa fille et lui donner à manger, après cela, elle l'avait baigner et elle l'avait emmener dans sa jusqu'à qu'elle soit dormis.

Il était 8 heure du soir, aucun signe et aucun son de motocyclette dans les coins de remise. Elle pleurait et s'est endormie appuyer sur le lit de sa fille qui dormait calmement.

9 heure, elle était réveillée et quand elle allumait l'écran de son portable, elle avait manqué l'appel de sa belle-mère, son père et Rolex également.

Salimaha s'était remise à pleurer tout en prenant le soin de rappeler tout le monde et leurs dit que sont mari n'est pas rentré. Sa voix était mordante, elle pleurait et sa tristesse devenait de plus en plus profonde - finalement, elle avait dormis dans sa chambre sans savoir qu'elle était inconsolable, une photo de leur mariage à côté d'elle et les pleurs étaient tâchés sur la petite vitre de l'encadrement qui contenait cette image.

Le lendemain matin, quand elle était réveillé, elle s'est rendue compte qu'elle n'avait pas dormi avec sa chemise de nuit et que son mari était toujours absent à la maison, était entendit des petits bruits à la porte de sa chambre comme si quelqu'un avait frappé et elle s'est levé en courant pour aller ouvrir la porte.

- Danaliha ! Cria t-elle.

- maman où est passé papa ?! Lui avait demandé la petite qui avait le joues boudés.

- viens là ma chérie. Elle le fait un câlin et ses yeux verse une rivière de larmes débordante jusqu'à son estomac. Ton père va venir ma puce ne t'inquiète pas, viens je vais te préparer et t'emmener au petit jardin d'enfants.

- non maman! C'est papa qui m'emmène. Cria la petite de son visage triste. Elle prit un peu de temps pour regarder sa fille, si identique à l'image de son mari, elle secoua la tête.

- oui ma chérie, oui. Reprit-elle soigneusement. Salimaha savait qu'elle avait menti à sa fille et qu'elle n'aurais pas pu le faire si son mari était présent. Mais où il a pu bien se passer ? Se demande t-elle ultérieure.

Elle était fondante et pleine de doute, de peur et de tristesse, puis quelqu'un avait sonné à la porte.

- Papa! Élança la fillette aux yeux marrons. Qui aurait pu en espéré mieux ? Pourtant, cela ne signifie pas que le soulagement allait remplir toute la maison. Salimaha allait ouvrir la porte, et ce visage portant ce sourire mesquine était là pour dire bonjour.

- Tuliphie ! Bonjour ! Euh... Rentre! Elle se croyait enfin soulager, mais ce n'était pas vraiment le cas. La jeune fille était joyeuse en pénétrant la maison, faisant semblant de ne rien savoir et se met à questionner.

- ohé! On dirait que la maison est un peu froide ! Mais que se passe-t-il si ne me trompe ? Demande t-elle de son visage inquiétée mais rempli suspicion.

- je... Euh! Rien! Avait-elle répondue en essuyant rapide son visage avec le bout de sa robe blanche de tissus fin lin.

- mais ! Tu pleure ! Est-ce que tu es entrain de me cacher quelque chose ? Reprit-elle à Salimaha qui ne pouvait pas cacher sa peine et son manque qui lui touchait chaque instant.

- mon mari, je ne sais pas où il est mon mari! Je sais pas où il est mais depuis hier il n'est pas rentré dans la maison. Ses pleurs se mélangeant de sa voix, elle avait le cœur mourant comme une flemme qui s'éteignit de temps en temps.

- oh, que c'est tellement touchant ! Répondit Tuliphie qui joue son jeu caché dans l'ombre. Elle avait un pantalon noir et des bottes qui ferme parfaitement bien ses orteils, elle avait de la ruse cachée sous ses paupières.

Je pense qu'il viendras ma puce, il ne faut pas que tu pleure. Peut-être qu'il faut l'oublier ! Ah! Le pauvre ! Il a dû se rendre chez une autre femme. Oublie le, ce n'est tout ce qui te reste à faire me jolie. Murmure t-elle en lui donnant un réconfort trahis et un câlin pour faire passer sa ruse.

- non Tuliphie, c'est du n'importe quoi. Comment pourrais-je oublié un homme que je viens d'épouser à peine ? Ce n'est pas du tout ce que je vois et tu sais bien que je suis amoureuse de mon mari. Aide-moi s'il te plaît ! Je veux retrouver mon mari. Salimaha, inconsolable, ne pouvait cessée de pleurer. Danaliha d'un regard inquiète, courut vers sa mère en criant follement.

- maman! Elle a criée, Danaliha.

Petit à petit La rusée essaie de temps en temps de les écartées, jusqu'à ce qu'elle s'en alla sans vouloir ajoutée un mot.

« l'alarme sonnera certainement. »

Après que Tuliphie eus quittée la maison, elle était allée à la cabane.

La voiture était stationnée sous les bois, et Tuliphie avait descendue à bord de la voiture jusqu'à l'entrée de la petite maison fait de bambous, de tôles d'acier et de pierres. À l'entrée, il y avait un homme barbus de très grand poitrail, sa poitrine était grosse comme celle d'un super vilain qu'on y voit souvent à la télé. Il avait un veste noir ainsi que ses chaussures, sauf son pantalon qui était de couleur brune comme celle de la petite maisonnette, dont la cachette.

Elle lui passait les clés et rentrais sans avoir doutée de rien. Danylan, enfermé dans cette cage à rat, avait les yeux toujours bandés, les bras croisés serrés d'une corde et les pieds attachés. Il était sur une chaise la journée et le soir, il pouvait dormir sur un lit sans les attachement aux pieds, parce qu'à cet heure là, la jeune vilaine venait et dormi sur le même lit avec lui; cependant, il devait toujours refusé de coucher avec elle. Les mauvais sont pour quelques jours et quelques instants, mais quand survient les beau jour, rien ne peut mettre les barrières.

Comme elle s'approchait lentement, Danylan se rappelait quand il allait redémarrer la moto, qu'un homme barbus aux très gros muscle lui avait pointé une arme avant de l'embarquer dans un camion blanc qui servait à porter des marchandises. Comme il n'avait pas de quoi se défendre, sauf un petit couteau qu'il y avait dans son porte-clés qui ne pourrait lui servir à rien.

Il avait des larmes aux yeux, quand il songea sa femme et sa petite fille qu'il a tant aimé.

- salut mon trésor! Lança Tuliphie qui s'approchait de lui calme et souriante. J'ai passé chez toi comme tu me l'avais demandé, ta petite famille va très bien et... Cette petite vermine qui s'est appuyée contre moi avec les yeux pleins de larmes, c'est affreux ! Sifflait Tuliphie et faisait des gestes de mesquinerie. Danylan ne pouvait rien dire, mais il se lasse à secouer la chaise où il était bien enchaîné par cet homme qui sert de complice à cette fille qui taquine et vilaine. " du calme mon amour, personne ne les toucheraient à moins que... Tu ose trahir un jour. " elle avait enlevé le contenu qui empêcher à Danylan de hurler ou de dire quoique ce soit, elle retire un arme qu'elle portait de son pantalon par derrière son dos et la pointant sur le jeune homme qui ne pouvait aller nulle part ailleurs. " au moindre cri, tu ose et tout sera fichus. " elle avait déclarée, Tuliphie. Danylan essaie de se ressaisir, ensuite, crache sur la céramique antique de la petite maisonnette.

- écoute, tu dois arrêter de dire n'importe quoi sur ma femme. Murmure t-il. Il voulait que revoir sa famille, continue à vivre et à profiter de son mariage, mais les cordons l'avait pourtant retenus et pour cela, il devrait se montrer brave et fort.

- pff ! Non, toi écoute moi, ici c'est moi qui commande. Elle avait déclaré d'un ton sec. Ensuite, tu dois te mettre dans la tête que la seule femme que tu as c'est moi, et uniquement moi. Est-ce que c'est clair ? Danylan la regardait d'un œil de vengeance, mais il garde son rêve et ne rien dire après.

Tuliphie se tournait vers l'armoire qui était juste en face d'eux, elle ouvrit son tiroir, mais avant de poser son arme dedans, elle revenait vers le jeune époux et lui remettre l'adhésif.

Danylan songea son petit couteau, il croit pouvoir lui arracher les cordons et trouvera un moyen de voler l'arme afin de déterminer sa capacité de se venger.

Quelques instants plus tard, Tuliphie s'est rendue une fois de plus chez Salimaha, cette fois, elle avait essayée de se retenir et elle avait passé au service du commissariat, elle et Rolex, afin de permettre une recherche totale pour retrouver son mari - Elle avait sûre d'elle qu'un jour ils seront réunit une fois de plus.

Quand elle était arrivée, elle avait invité la dame à passé un moment au bar de " Norest " qui n'était pas trop loin, comme elle avait un peu de confiance à son amie, elle avait déposée sa petite chez sa grand-mère pour éviter le pire. Et dans la soirée, elles étaient tous deux bien modeste et très jolie sous leurs robes.

- tu sais quoi Salimaha, je sais que je n'ai pas bien réagi à ce que tu confrontes aujourd'hui, mais il faut que tu sache qu'il y a là vie tant que tu en as le souffle. Avait-elle chuchotée avant de prendre une gorgée de whisky.

- Mercie beaucoup pour tes conseils, je sais que certaines choses arrive parfois simplement pour nous faire souffrir ou pour nous formés certaines fois, ne t'inquiètes pas pour moi, j'espère m'améliorer de temps en temps. Salimaha savait qu'il ne s'agissait pas du tout d'une simple simulation, elle voulait simplement que personne ne pense à lui tourner les idées.

- je crois qu'il faut que j'aille faire un besoin, j'arrive dans quelques instants. La vilaine avait quitté la table, pas parce qu'elle en avait vraiment besoin, mais entre autres, elle avait demandé à quelqu'un de venir la séduire afin que la guerre qui existe entre elles soit terminée par une simple séparation. Elle savait que si son amie arrive à tomber amoureuse d'un autre homme, alors elle aura de quoi à prouver afin que le jeune époux arrive à accepter que sa femme lui trompait et qu'il devait accepter de vivre avec elle. Cependant, rien ne disait que la jeune épouse avait envie de changer son mari parce qu'il était nécessaire pour combler son absence.

Après le déplacement de Tuliphie, un homme de haute taille apparus devant la table, il ressemblait un ours enveloppé du peau de bœuf. Il avait un très grand visage qui avait une barbe longue au menton et il était très séduisant en plus. Il portait une chaîne en or et l'argent lui ressemblait autant que les mauvaises conditions de les procurés.

- bonsoir madame, euh... Est-ce que je peux m'assoir à côté de vous ? La vilaine était cachée dans les coins du bar afin de pouvoir filmer cette conversation pour son grand projet.

- je.... Non, je suis pas sûr que vous pouvez, parce que là il n'y pas de place pour vous. Lui répondit-elle d'une sincérité profonde.

- mais... Je suis là pour vous aider, vous avez peut-être besoin de quelqu'un à qui parler et je suis juste pour vous comblée si vous voulez. Avait répondu l'homme de sa voix grave et rude.

- désolé monsieur, je pense que vous avez frappé à la mauvaise porte. Lui répondit-elle en relâchant un sourire passif.

- je peux vous donner tout ce dont vous avez besoin, et si vous avez des enfants je saurai les aider par mes propres moyens, accorde moi juste un instant pour vous parlez de moi. Questionne t-il à Salimaha qui se sent très ennuyeuse avec tout ça.

- en tout cas, vous savez quoi? Je ne sais pas pourquoi mon amie m'a fait venir ici, mais j'ai un mari je m'en fou de tout, et même s'il n'est pas là mais bientôt sonnera l'alarme. voilà ! Elle avait répondue. Salimaha s'est rapidement levée de sa place et quittait le bar après avoir payé pour son verre.

Elle avait pris le chemin toute seule, avant de rentrer à la maison, elle avait passée chez sa mère et emporte avec elle sa fille qui était dormante; heureusement pour elle, son père lui avait déposée auprès de sa demeure avant de pouvoir reprendre la route.

Tout le long du chemin, son père lui avait expliqué comment il était touché par ce qui s'est passé et qu'il était prêt à se donner pour pouvoir retrouver son beau-fils.

« Le faux se cache derrière le beau visage, mais le temps arrive à tout faire éclater. »

Un jour après, Danylan était fatigué de rester coincé dans la maisonnette qui avait déjà la présomption d'être une maison abandonnée. Alors, il devait se dépêcher pour sauver sa peau, avec la menace de Tuliphie, soit il accepte de coucher avec elle pour qu'elle puisse lui porter un enfant, soit elle s'en prend nettement à toute la famille en particulier, la petite fille qu'elle menace d'enlever et même l'exécuter sous ses yeux.

Maintenant, il s'est rendu compte que tout devenait de plus en plus compliqué et la situation lui commençait à être dépassée. Il espère que la police viendra dans quelques jours, mais les jours sont trop long pour attendre.

- je dois faire quelque chose. Dit-il en essayant de se détacher. Tuliphie n'était pas encore rentrée, car elle était allé faire des provisions pour la maison, et quand elle viendra avec son parquet, Danylan aura les mains libres mais, il fera en sorte qu'il était toujours attaché. Avait réfléchi le condamné.

Il faisait des efforts pour mettre fin à ces choses, se secoue sa chemise dans laquelle se trouve sa porte-clés ; il tirait les mains et pleurait. Heureusement, la corde qui avait tenu ses mains n'avait pas trop de quoi résister à ses efforts, puis ils étaient cassés.

Quand l'homme barbus avait entendu ces bruits il était rentré pour lui avertir que s'il continu comme ça qu'il le tuerais à l'absence de sa patronne : cependant, il avait secoué la tête pour acquiescé comme un mouton qui obéi à son maître, pourtant, ses mains étaient libres mais il les garde toujours croisées.

De l'autre côté, Salimaha et son beau père s'étaient rendus auprès de l'inspecteur, elle devait racontée ce qu'elle à vu de suspect ; certainement, elle avait pensé aux mauvaises conseils de son amie et de son comportement joyeuse dans cette affaire et elle avait racontée que son amie avec un comportement rusé et qu'elle pensais qu'elle peut y avoir la main trempé dans la disparition de son mari.

L'inspecteur avait décidé d'envoyer des agents secret pour suivre les parcours de cette femme et ne jamais la quitter des yeux jusqu'à ce qu'on découvre sa culpabilité ou son innocence dépendamment des informations requises.

Comme s'est dit, la vilaine femme avait passée chez ses parents avant de retourner dans la région où demeure son prisonnier. Sans qu'elle l'est pu imaginé, une voiture venait d'appuyer dans les parages; et quand était sortir, elle avait pris sa voitures et prit le chemin, c'est ainsi que les choses commençaient changer de phase et les hommes ont commencé à la suivre jusqu'à la petite maisonnette.

Salimaha avait l'esprit dans les talons, c'est-a-dire, elle se trouvait dans un impasse qui en même temps lui avait donné une dépression qui grandissait petit à petit, ainsi que la peur de ne pas espérée que son mari soit retrouvé mort ou victime de quelque chose plus dur - elle avait continuée à faire son devoir étant que mère, chaque jour qui allait se levé, elle se rendue compte que c'était un coup dur pour elle. La jeune épouse avait peut-être besoin d'un soutien, mais elle était convaincue que la force lui sera toujours donnée par tout les dieux de la terre, parce qu'elle n'était qu'une pauvre victime.

À côté de cela, leurs parents l'appelait de temps en temps pour pouvoir s'assurer qu'elle que rien ne lui avait arrivée à elle aussi, surtout à la petite fille qu'ils aimait parce qu'en revanche, il s'agissait de leur tout premier enfant.

Danylan, de son côté, essayait de se tenir afin de passé les heures à bluffé comme s'il y était toujours attaché pour ne pas se faire remarquer.

Les agents étaient déjà sur place et ils avaient sans demandé du renforcement parce que l'endroit était un endroit suspect et ils étaient là à l'intérieur de leur voiture apercevant depuis leur caméra, l'homme au veste noir qui était debout comme un poteau de fer à l'entrée pour surveiller la cours et au moindre signe, il devait avertir sa patronne afin de pouvoir prendre la fuite. C'est là leur plus grande erreur, parce qu'en effet, il y avait beaucoup d'espace à un corps de police à les atteindre sans même démontré aucune trace de présence.

Il était resté dans son fauteuil, quand Tuliphie avait terminée de débarrassée sa valise, elle s'en approchait avec un sourire manipulateur. Elle avait les mêmes chaussures et le même pantalon mais elle avait retiré son maillot et elle avait seulement une soutien-gorge au-dessus, ses ongles garnit de peinture rouge, ainsi que ses lèvres comme un buveur de sang qui prenait la forme d'un vampire.

- salut mon p'tit chat ! Je vais te préparer un bon dîner dans quelques instants. Mais, écoute! Tu vas me consoler d'abord. Elle avait déclaré à Danylan. Il s'avait que tout allait se détourner avant la tombé de la nuit, avec les mains libres, son plus grand tactique ne sera que d'attendre que aille faire un besoin quelconque pour courir vers l'armoire en saisissant l'arme pour se défendre et courir rapidement que possible. Il ne savait vraiment pas où ils l'avait emmener, la seule chose à quoi il pouvait se servir c'est de fuir en courant jusqu'à qu'il puisse retrouver la grande rue pour prendre un taxi. Cependant, les plans étaient bien étaler quatre sur table, la police était déjà sur place - les hommes avaient commencés à vaquer dans les bois avant de lancer un signal pour envahit la petite maisonnette. Il y avait un effluve eau de lavande fraîche qui exhale tout la pièce, mais le sang de la vengeance couvrait la respiration de Danylan, et ce soif qui l'avait mordiller comme une gangrène qui lui poussait à mettre le feu dans les bois.

La bouche serrée à l'adhésif grise, il regardait la jeune femme qui s'est mise dans une situation que son visage ne reflète guère. Tout qu'il espérait après sa fuite, c'est de voir Tuliphie purgé sa peine comme tous les autres coupable de la ville.

Disant ces choses, elle était assise sur ses jambes en lui caressant le visage en douceur.

- tu sais quoi mon amour ? Je vais t'enlever cette adhésif mais avec une seule condition, que tu m'embrassera si fort que j'en ai envie de le faire avec toi. Avait-elle chuchoté de sang froid. Danylan n'avais fais aucun geste pour lui permettre la garantie qu'il le fera. Elle avait enlevé ce plaque de la bouche de son victime et ensuite, elle approchait avec ses lèvres rouge vers Danylan qui avait tourné ailleurs son visage.

- tu va le faire, non! Avait crié Tuliphie qui exprimait vivement sa colère. Danylan ne voulait en aucun cas obéir, il se disait qu'il n'était pas obligé parce qu'il savait que son plan allait marcher. Il avait envie de la saisir en la pressant avec ses poignets, non! Ce n'était pas une bonne idée. Se disait-il de sa voix intérieure. L'homme barbus est surement armé, alors il pourrait lui tiré dessus et le cas serait bien plus grave - " le moment n'est pas encore venu. " se disait-il.

La vilaine l'avait forcé pour lui donner ce baiser, colérique, était s'était levé en se dirigeant vers la douche qui était juste à côté. Pour lui, la porte lui était bien ouverte et le moment était venu pour se défendre contre le jeu. Sans faire du bruit, il avait quitté la chaise où il était coincé, puis il s'est dirigé vers l'armoire brune tout comme l'intérieur de la maisonnette. Il avait pris la force, il tire l'arme et revenait à sa place.

Tuliphie, était très nerveuse, elle s'était rendue devant le miroir, passait un peu d'eau sur son visage et regardée son visage avec ses mines surélevés.

- c'est quoi ce bordel ! Avait-elle criée. Elle avait décidée de retourner vers sa proie et cette fois elle croyait qu'elle allait le manipuler afin d'obtenir ce qu'elle voulait. Dommage ! Pour elle il n'y aura aucun issue.

Quand Tuliphie était retournée remplis d'émotions et de rage, Quand elle était presque tout près de son prisonnier. Le pas s'arrêtait, le visage était rempli de surprise et elle ne pouvait pas y croire que cet homme puis se mettre debout devant elle, tirant l'arme qui était caché derrière son dos et la pointée dessus comme un homme qui savait déjà s'en servir.

- j'espère que... Tu... Tu n'as pas l'intention de faire quoi que ce soit avec n'est-ce pas ? Lui avait-elle demandé en tremblant de peur.

Tu ne sais pas t'en servir, je pense ! Avait-elle avancée.

- tu vas savoir que l'intelligence est plus fort que l'habitude. Lui avait-il répondu. Il avait le sang froid, il était prêt à même lui donné une balle dans la poitrine si elle marquait le pas vers lui.

- écoute mon amour, tu vas descendre ton arme, tu me le passe et on discutera, d'accord ! Murmure t-elle devant le danger qu'elle n'avait jamais su du tout éviter.

- oui, je vais... Simplement sortir d'ici et cet homme devant la porte, tu vas simplement lui.... (sirènes de la police)

" Haut les mains ! " Avait crié un de ses policier à ce bouffon qui surveillait la rentrée de la maisonnette.

- tu as entendue maintenant ! Tu n'as pas le choix. Alors moi après toi. Lui disait-il avec un ton colérique.

Tuliphie secoua la tête

- oui! D'accord ! Sache que j'ai fait tout ça pour toi, parce que je t'aimais. Elle avait répondue, Tuliphie. Son visage devenait triste, mais ce n'était pas seulement ça le problème. Une fois, la police l'avait manqué lors d'une braquage et elle était accusée de complicité.

- je m'en fous de ce que tu dis! Avait-il hurlé avec rage. De ses yeux, une rivière se rependait sur sa chemise.

J'ai une famille ! Et tu m'as fait assez fait aujourd'hui. L'amour ne se force pas, d'ailleurs, ma femme est ta meilleure amie, tu n'est qu'une sale traitre. Va en enfer! Hurla t-il encore une fois.

La jeune fille leva les mains au-dessus de la tête, puis ils étaient sortit.

La police avait saisi l'arme, Tuliphie et sa complice furent arrêtés et accusés de braquages et d'enlèvement.

Salimaha avait courut vers son mari et se jeter dans ses bras, elle avait des rivières de larmes sous ses paupières, mais en tout cas, elle était contente de pouvoir retrouver son époux.

- tu m'avais manqué mon amour, tu m'avais tellement manqué. Avait-elle déclarée en serrant fortement Danylan qui avait serrée à son tour.

- toi aussi ma chérie. Je t'aime. Avait répondu le jeune homme qui était en pleine satisfaction. Il avait le visage triste, mais son cœur si fond comme une glace placée sous les rayons ultraviolets du soleil.

- peut importe ce qu'elle t'a forcé de faire, je serai toujours là à tes côtés. Murmure t-elle sous sa voix tremblante.

- il n'y rien qui s'est passé entre elle et moi. Comment oserais-je? Je ne peux en aucun cas trahir notre amour. Il avait répondu, il avait sur levé la tête de sa femme qui était appuyée sur sa poitrine et la regardait pour lui avouée qu'elle était la seule qui comptait pour lui.

Crois moi, il ne s'est rien passé d'accord ?

- oui! Je te crois mon amour, je te crois.

La jeune femme était soulagée de sa peine, elle souhaiterais que plus jamais une telle chose ne se tient à reproduire.

Leurs parents étaient venus sur place, accompagné de Rolex qui ne leur avait jamais lâché dans les mauvais moments, l'inspecteur aussi, il avait un œil de pitié et il avait promis de mettre une voiture de police à patrouiller dans les coins de leur petite contrée.

- où est ma fille ?

- elle est à la maison avec ma petite sœur, elle m'a promis de veiller sur elle en attendant que je rentre. Lui avait-elle répondue calmement.

- bien! Maintenant il faut qu'on rentre, c'est fini. Les policiers se repliaient et les deux coupables étaient à l'intérieur d'une voiture en plein sirène. Tout le monde était heureux, et le bonheur revenait à la jeune épouse.

« Tout ce qui sont vrais, restent et demeurent éternelle. »

Deux mois plus tard, ils avaient décidé de se rendre en Californie, pour Salimaha, il ne s'agissait pas seulement d'un soulagement, mais aussi, elle croyait que cela pourrait leur facilité la vie et ils pourraient vivre une expérience nouvelle par rapport à leur position.

Danylan, se mettait très actif en ce sens et son idée avait l'objectif de sauver sa famille de tout danger. Déjà victime, il espère que dans ce pays là ou bien cette ville pourrait changer les conditions.

Il avait passé un accord à un ami qui lui avait proposé de venir dans une maison qu'il allait justement quitter parce qu'il s'en avait procuré une autre. Il était prêt à l'aider, et Rolex son meilleur ami, il avait reçu un appel aux Canada pour un travail. De ce fait, il avait fait une demande à ses partenaires et collègues de travail pour l'obtention d'une licence légale. Nous en sommes au mois d'octobre, c'est le moment de faire des préparatifs pour le départ à la fin du mois. Danylan, n'était pas allé au travail ce jour-là, il avait préféré d'envoyer une lettre de motivation et en plus de ça, il avait écrit une autre pour faire sa demande. Salimaha était joyeuse et elle était sur le point de tout oublié ; toute la peine qu'elle avait vécu à l'absence de son mari, elle se reprenait comme une vache qui s'habitue à un milieu étranger - elle était loin d'être fatiguée à toutes les expériences qui, pour elle, étaient comme dans une école, et elle se disait que malgré tout, elle était prête à apprendre de la vie. Cette fois, elle se disait que le pire avait passé à l'horloge et le beau temps s'éclaircit sous l'amas des eaux qui étaient en pleine disparition, c'est ainsi que concevait-elle le jour après ces moments de guerres. Elle était prête à saisir le plus grand des colombes, même si elle devait survolé au-dessus des nuages grisé - car, cela dit, qu'elle restera une femme unique et prête à mener une vie de veuve si son mari passait par la porte du séjour, ce qu'elle n'a jamais souhaiter un jour, parce qu'elle aurait mieux préférée que ce soit elle et son mari qui s'en aille ensemble et sa petite fille devrait restée pour vivre du temps que les nuages résisteront sous le ciel bleu.

Il était 8 heure dans la soirée, toute la famille était prête pour le souper. Il y avait dans les assiettes, de la bouillie du farine de blé fait avec du lait et du sucre, il y avait aussi du pain pour l'accompagner s'ils en avaient besoin.

Danylan portait une chemisette en kakis, sa femme un robe de nuit blanche courte comme la pointure d'une épine. Leur petite fille avait portée son pyjama rose qui contenait des dessins de fleurs et son sourire avait mettre le feu au cœur de son père, Danylan, qui était fier de son enfant.

- tu vas bien ? Avait-il demandé à sa fille qui secoua la tête pour affirmé que tout allait bien pour elle.

- et toi mon amour ? Comment tu te sens ? Lui avait demandé sa femme qui était très heureuse de pouvoir revivre sa vie d'avant. Il l'avait regardé d'un œil plein de pitié, il se disait que s'il était mort qu'il n'y aurait qu'une image pour consoler sa femme, dont la photo de leur noce qu'ils ont accrochés au mur de leur chambre.

- tout va bien mon amour. Il avait répondu, les mains posées sur la table.

Ils avaient déjà commencé à prendre leur petit repas, et lui, il avait pris une petite pause simplement pour contempler sa petite famille.

- je souhaite que bientôt un petit frère viendra, et la famille se bien agrandi et rempli d'amour. Cria t-il jovial. Salimaha croyait qu'il s'agissait d'une simple plaisanterie, elle avait rit légèrement et se remet à l'état d'âme parfait.

- tu es sérieux de ce tu dis? Notre petite va à peine avoir ses six ans ! Franchement c'est une blague. Danylan savait qu'il s'agissait bien d'une remarque, mais il préférait de ne rien dire que par simple plaisanterie.

- peut importe, la seule chose c'est que je crois qu'on doit y avoir un compagnon pour notre très chère Danaliha, elle a grand besoin n'est-ce pas ma puce ? Les phrases sortirent accompagné d'un profond désir, il était certains que la voie n'était pas libre.

- oui papa! Donne moi un petit ami. Je veux jouer avec des amis. Avait répondue la petite qui était entrain de changer des dents. Elle en manquait quelques unes, mais sa beauté était toujours esthétique.

- bon! Je ne veux pas rester opposée ou à pouvoir dire le contraire, mais pour moi c'est un peu tôt.

- Est-ce que... Je t'avais manqué durant mon absence ?! Avait-il interrogé à sa femme qui allait prendre sa dernière bouchée.

- oh mon amour, tu sais que je ne peux pas vivre sans toi, tu m'avais vraiment manqué mon mari. Quand tu n'était pas là, je croyais que ma vie allait prendre fin et qu'en outre, si tu n'était jamais revenu, j'aurais même pu faire mal à moi-même. Je t'aime trop et c'est difficile de vivre en ton absence mon ange. Salimaha était tout rouge, ses yeux étaient brillants comme le soleil à l'Occident et elle était frémit par cette question.

- je sais ma chérie ! Et moi aussi. Je sais que tu ne m'a pas trompée parce qu'elle m'avait tout dit. Elle avait essayée et tu avais refusée, je sais que tu es une femme parfaite et tout ce j'ai, je désir les partager avec toi seule et notre petite fille. Je t'aime comme si personne d'autre que toi n'existait, comme l'opale qui brille sous l'océan, je voudrais que notre amour continue à brillé et comme une rose, je souhaite que tu reste infaillible devant toutes les épreuves et je continuerai à résister à tous ce sui surviendrait sur mon chemin. Avait-il déclaré. Salimaha était émue, elle savait qu'elle avait choisi l'homme le plus parfait dans sa vie et elle vise toujours l'espoir qui est porteur du bonheur.

- je pense qu'il serait mieux de laisser cette discussion pour plus tard mon amour. Elle ne pouvait plus retenir sous ses mots, de ce fait, elle aurait préférée d'attendre quand ils seront à deux dans leur chambre.

La nuit passait, et ils avaient continués leur discussion à l'intérieur, qui s'est terminé par un partage d'amour précoce et sublime.

Le jour se leva, et les rayons finissaient par percé le vitrail.

Danylan était très fatigué, mais, il fallait donc se levé tôt pour aller travailler et confirmé son départ. Il s'agissait que son dernier jour au travail, parce que leur voyage s'approchait à pas de géants. Comme d'habitude, Salimaha se levait avant tout le monde pour pratiqué son devoir de femme - elle était à l'aise et elle était plus heureuse que tout les autres jours. Danylan réfléchissait à ce voyage, donc maintenant c'est du sérieux. Il avait déjà planifié pour son travail, son collègue qui résidait au Californie avait lui avait cherché un emploi et tout était prêt, il ne manquait que lui à son poste.

Comme il ne devrait pas tarder, il avait quitté sa chambre et allait se préparer.

- aujourd'hui notre chérie d'amour restera avec moi! Avait lancée Salimaha qui essayait la table avec une nappe.

- bien sûr ! Il ne nous reste que trois jours avant notre départ, notre petite doit se reposer un peu. Avait-il répondu à sa femme.

- sûr ! Il avait passé à côté de son épouse, lui tenait par les hanches, un baisé pour éclaircir la journée. Après cela il avait fait ses détours, c'est-à-dire, ses préparations habituelles pour se rendre au travail.

Après le déjeuner, il avait pris un taxi au lieu de sa motocyclette. Sa moto était coincé dans les bois sous des vieux tôles rouillé, la police avait l'avait apporter avec eux et elle était revenue dans la remise. Dans la voiture, il avait son portable qui avait l'écran éteint, et lui, il était appuyé contre la portière. Danylan réfléchissait à sa vie, sa famille et sa mère qui était toujours là pour lui - il ne pouvait se sentir coupable si mère devait souffrir derrière lui, il savait aussi que sa mère allait lui manqué autant que sa femme lui avait manqué quand il souffrait sous les feuillages.

Le soleil était toujours brillant, il apercevait les montagnes au décor verdict qui allait sans doute lui passé dans les pensées qui il ne sera plus dans ce pays de poussières et de dégout.

Il se rappelait quand son beau-père lui avait accordé ce poste sans même le vouloir, et malgré cela, il ne l'avait jamais mal regardé depuis qu'ils étaient réconciliés.

Tout son rêve se résume d'une unité familiale, deux famille qui se fondent entre elle sans la moindre indifférence, sans aucun dépit, ni dégout. Car celle qu'il espère n'est qu'une unité nickel.

Quand il était descendu de la voiture, une cohorte venait le rencontrer, par surprise, il était très content et il avait l'impression que la vie avait fait de lui un privilégié ; car la vie c'est ainsi, il faut savoir souffrir avant de pouvoir toucher le sommet du bonheur.

Une dernière chose, il s'est rendu compte qu'il avait une femme très modeste, respectueuse et écarlate.

Also by Ulysse Steevens Esaïe

Amour perché
L'épouse écarlate

Also by Thomgiver

Amour perché
L'épouse écarlate

About the Author

I'll s'agit d'un auteur très authentique, qualifié de détenteur de plusieurs œuvres littéraires et également s'est adapté à la créativité. Il est élégant, passionné de l'écriture et surtout, il possède une qualité très particulier.

L'auteur est un homme pensif et il a eu une carrière dans le domaine de l'éducation.

Ulysse Steevens Esaïe dit thomgiver, est porteur de certains projets visant à améliorer l'ambiance de la créativité.

En conclusion, il travaille pour plaire à tous ceux qui lui font confiance et poursuit son destin.

About the Publisher

Je suis Ulysse Steevens Esaïe dit thomgiver, je pense avoir le monopole de mes ouvrages.

Je publie mes ouvrages après les avoir écrits et je fait de l'auto-édition pour pouvoir m'assurer d'avoir mis tout en ordre. Je suis aussi le fondateur de vluedition, cela veux dire, qui dit vluedition dit thomgiver.

Si vous voulez savoir quelque chose d'autres, allez au dos de cet ouvrage.